1

Bronntanas

Bhí an bronntanas galánta – féiltiúil, dar le Mara – é fillte i bpáipéar buí agus órga, agus fáiscthe le ribín sróil órga.

Cad a d'fhéadfadh a bheith ann? Seodra? Bhí cuma chostasach ar an mbeart, ceart go leor.

Mhéaraigh Mara an páipéar órga. Bhí sé mín, snasta, fionnuar, agus é ag glioscarnach.

Lig sí osna. Chuici féin a seoladh an beart cinnte. Bhí cárta beag cearnógach ar luascadh leis, agus a hainm air. Agus lena chois sin, ba ise an t-aon duine sa teach a raibh lá breithe aici inniu!

Ach níor mheas sí i ndáiríre gur seodra a bhí ann. Ar an gcéad dul síos, bhí an beart rómhór. Bíonn boiscíní seodra deas slachtmhar de ghnáth.

Agus aon duine a bheadh san aois le rud mar sin a cheannach di, bheadh a fhios aige nach raibh Mara san aois chun rud mar sin a fháil! Bhí trí bliana déag bainte amach aici inniu, ach, dar leis an dream fásta, níl ionat ach leanbhán go fóill ag an aois sin, fiú agus tú sna déaga ar deireadh thiar thall.

Ar aon nós, ní seodra a bhí uaithi. Ach iPod. Agus bhí sí beagnach cinnte nárbh aon iPod é ach oiread.

'Cén fáth nach n-osclaíonn tú an bronntanas?' A deartháir Tom a chuir an cheist.

'Ach ... ,' arsa Mara. Ní raibh fonn uirthi. Fad a d'fhág sí é gan oscailt, bheadh an seans ann gur iPod a bhí ann in ainneoin an tsaoil.

Níorbh é Daid a chuir chuici é ar aon nós. B'fhuath leis-sean aon rud a chur amú, agus na beartanna uaidh, bhídís fillte i gcónaí i seanpháipéar a bhíodh sábháilte aige ón mbliain roimhe sin, nó ón Nollaig.

'Oscail é,' a dúirt an deartháir ab óige, Tim, go tiarnúil.

Fuair Tracy, iarchara Mhara, iPod dá lá breithe. Ceann iontach. D'fhéadfá amharc ar scannáin air.

'*Yeah,*' arsa Tom. 'Oscail é, a Mhara.'

Chuir Tim rolla a rinne sé as nuachtán, ar nós callaire, lena bhéal agus thug sé an t-ordú arís: 'OS-CAIL É!'

'Oscail é!' arsa Tom, mar mhacalla.

'Ciúnas!' arsa Mara. 'Bígí in bhur dtost! Tá sibh ag cur tinneas cinn orm. Ithigí bhur mbricfeasta.'

'It-e ag-ainn chea-na féin!' arsa glór toll Tim, é ag baint úsáide i gconaí as an gcallaire.

Dhúisigh Daid go tobann. 'Am scoile!' a ghlaoigh sé. 'Beidh an bus anseo i gceann dhá nóiméad. Brostaigí oraibh! Málaí scoile! Bróga! Go tapa anois! Cótaí!'

Léim an bheirt ghasúr óna gcathaoireacha agus

amach an doras leo, ag screadaíl agus ag gáire agus gearáin astu, agus Daid ar a dtóir, ag iarraidh deifir a chur orthu.

Druideadh an doras. Suaimhneas.

Ní théadh Mara ar an mbus níos mó, toisc í a bheith ar an meánscoil anois, agus an mheánscoil a bheith cóngarach go leor. D'fhéach sí ar an gclog. Bhí am aici go fóill.

Thosaigh sí ag cur slachta ar an gcistin, ag bailiú na mbabhlaí agus na gcupán. Bhí cupán Daid folamh, glan. Ní raibh a chuid caife aige go fóill. B'aoibhinn leis cupán caife úr ar maidin.

Chuir Mara caife agus uisce sa ghléas, agus chuir sí ar siúl é. Thosaigh an t-uisce ag plobarnach láithreach, agus líon an seomra le cumhracht theolaí an chaife.

Lig Mara osna arís, agus tharraing sí an beart chuici. Léigh sí an méid a bhí scríofa ar an gcárta. 'Duitse, a

Mhara, le grá, Mam.'

Mam? Cad faoi Dhaid?

Ansin, thug sí seanchlúdach litreach faoi deara, in aice lena pláta féin. Ainm a hathar scriosta amach agas a hainm féin scríofa isteach. Rinne sí miongháire. Daid bocht, é i gconaí ag iarraidh an domhan a tharrtháil.

Bhí tríocha euro sa chlúdach, fillte i mblúire beag nuachtáin. Bhuel, ní cheannódh an méid sin iPod! Bheadh uirthi coigilt. Bhíodh sí ag coigilt de shíor, ach thagadh ocáid phráinne éigin i gcónaí, agus bhíodh uirthi tosú as an nua arís leis an gcoigilt.

Osclaíodh an doras. Daid ar ais.

'Mmm, caife!' ar seisean.

Chuir Mara an caife amach dó. Chroith sí clúdach an airgid faoina shrón.

'Go raibh míle,' ar sí.

'Fáilte,' arsa Daid, 'ach nár oscail tú an beart go fóill? Beidh Maria ar an bhfón anocht, ag fiafraí faoi. Séad fine atá ann, a deir sí.'

Bhí Mam ag obair sa chathair. An jab a bhí aici, b'fhéidir é a dhéanamh sa bhaile uaireanta, ach bhíodh uirthi cúpla lá a thabhairt i mBaile Átha Cliath gach seachtain.

'Séad fine? Cad is brí leis sin?'

'Rud a bhíonn sa chlann, ó ghlúin go glúin. Faigheann tú ó do thuismitheoirí é, rud a fuair siadsan óna dtuismitheoirí féin, agus iad siúd... '

'Tuigim,' arsa Mara. 'Saghas oidhreachta, an ea?'

'Sea. Ach, éist! Tá sé in am agat dul ar scoil anois. Caithfidh tú an beart a leagan uait go dtí tráthnóna.'

2

An rud a bhí istigh sa bheart

Ní raibh aon tsúil ag Mara go bhfillfeadh Mam dá lá breithe, ach nuair a tháinig sí abhaile ón scoil tráthnóna, bhí carr maisiúil ar dhath an airgid lasmuigh den teach, mar a bheadh spiaire ó shaol úd a máthar – saol na cathrach agus na hoibre.

Thug Mara cic bheag faoi rún don roth tosaigh agus í ag gabháil thart. B'fhuath léi an carr bogásach.

D'oscail Mam an doras nuair a bhrúigh Mara ar an gcloigín.

'Cén fáth nach dtagann tú isteach an cúldoras?' ar sise go cantalach.

Ach ba léir gur chuimhnigh sí ansin ar an lá a bhí ann, agus d'fháisc sí Mara lena hucht agus dúirt, 'Go maire tú, a chroí. Nach tú atá ag éirí mór – agus aibí, déanfaidh tú seanbhean díom gan mhoill! Agus tú chomh caol, leis! Cuireann tú náire orm.'

'Brón orm, Maria,' arsa Mara trína fiacla.

Bhíodh Mam ag gearán i gcónaí toisc Mara a bheith chomh caol sin, ba chuma cad a d'íosfadh sí. Bhíodh Mam á tanú féin de shíor, cé nach raibh sí ramhar ar chor ar bith, dar le Mara pé scéal é.

'Cáca seacláide déanta ag d'athair,' arsa Mam. 'Mo léan! Agus níor oscail tú ...'

Bhris Mara isteach: 'Bheartaigh mé fanacht go dtí go mbeifeá féin ann,' – rud nárbh fhíor.

'Ó!' arsa Mam, agus iontas uirthi. 'Nach deas an smaoineamh é sin anois! Ó, a Mhara!'

Bhí siad istigh sa chistin faoin am seo. Bhí an cáca galánta ar an mbord agus é clúdaithe le reoán seacláide. Maisithe le trí choinneal déag, iad go léir bándearg, páistiúil. Níor thuig Daid bocht tada!

Lig Mara osna. Arís. Níor chóir a bheith ag déanamh an méid sin osnaíle ar do lá breithe – ach sin mar a bhí an scéal. B'iomaí crá croí a bhain le tuismitheoirí!

'Oscail é!' arsa Mam anois, an beart órga á seoladh aici i dtreo Mhara, 'sula dtagann na *hordes* isteach ag lorg an cháca.'

Rug Mara ar an ribín sróil agus tharraing sí air. Scaoileadh é, agus láithreach bonn, osclaíodh an páipéar. Bhí seanbhosca adhmaid istigh ann.

Chroch Mara an bosca ciúbach in airde agus scrúdaigh sí é. Bhí dath buí air, agus boladh na seanaimsire uaidh, boladh smúrach.

'Oscail é,' arsa Mam arís, ag díriú ar chlaspa beag órga.

D'oscail Mara an claspa, agus thóg amach bairille beag mná déanta as adhmad.

'Cad é féin?' ar sise, agus lán a béil de dhíomá uirthi. 'Bábóg, an ea?'

Cad a bhí ar intinn ag Mam agus bronntanas páistiúil mar seo a thabhairt di? Agus í déanta chomh garbh, ní bheadh suim ag cailín óg féin i mbábóg mar seo. Bhí a haghaidh péinteáilte go graosta, agus éadach tuathánaigh á chaitheamh aici, naprún agus gúna ildaite bláfar.

'Saghas bábóige,' arsa Mam. 'Maitríóisce a thugtar orthu sa Rúis.'

'Sa Rúis?' arsa Mara. 'Tháinig sí ón Rúis?'

'Tháinig,' arsa Mam, 'na blianta fada ó shin.' Ach ní dúirt sí níos mó.

'Séad fine, a deir Daid,' arsa Mara. 'Ní thuigim cad atá i gceist aige.'

'Ba le mo mháthair iad,' a dúirt Mam, go neamhchúiseach ar fad.

'Iad?' arsa Mara ag féachaint ar an mbeainín ramhar agus miongháire uafásach uirthi. 'Do mháthair?'

Bhí seanmháthair ag Mara, ach ba í máthair a Daid í. Ní raibh seanmháthair ar bith aici ar thaobh Mhaime, chomh fada agus ab eol do Mhara ar aon nós. Ná seanathair ach oiread. Chreid Mara i gcónaí gur i ndílleachtlann a d'fhás a máthair aníos.

'Féach!' arsa Mam anois, agus thóg sí an bhábóg as lámha Mhara. Chas sí an bhábóg thart faoina coim bheathaithe. Bhris an rud ina dhá chuid – agus thit bábóg eile amach as.

Phléasc Mara amach ag gáire.

Thóg sise an dara bábóg agus chas sí í, agus ceart go leor – thit bábóg eile aisti. Agus as an tríú bábóg tháinig ceann eile.

Rinne Mara an ceathrú bábóg a chasadh, agus d'éirigh léi í a oscailt, ach ní raibh rud ar bith istigh inti.

'Ó!' arsa Mara. 'Tá ceann ar iarraidh!'

'Cad é?' arsa Mam. 'Ach, níl, ní dóigh liom ..., ní raibh ...'

Ach ag an nóimead sin osclaíodh an doras agus isteach leis na *hordes*. Sin é a thugadh Mam ar na gasúir, cé nach raibh ann ach an bheirt acu. Déanann siad oiread gleo le harm beag, a deireadh Mam, arm eilifintí óga.

'Cá-ca!' a ghlaoigh Tim, agus an callaire aige arís. 'Cáca de dhíth orainn – anois!'

'Cá-ca!' arsa Tom.

'Cá-ca!' arsa Tim tríd an gcallaire.

'Tabhair dúinn cáca,' arsa Tom os ard. 'Lig dúinn cáca a ithe!'

Tháinig Daid isteach ansin agus bosca cipíní solais ina lámh aige.

Thosaigh Tom ag canadh: 'Lá breithe sona, a Mhara!'

'Rugadh tú sa zú!' a chan Tim.

'Is cosúil le moncaí thú!' a chan Tom, é ag titim thart leis an ngáire, faoi mar a bheadh an t-amhrán cumtha acu féin ar an spota.

'Agus daoibhse an píosa is lú!' arsa Mara, agus mhúch sí na coinnle.

3

Dorota

Bhí cailín nua ar scoil. Dorota ab ainm di, agus b'as Baile Átha Cliath di. Is é sin le rá, bhíodh sí ina cónaí sa chathair le déanaí, ach roimhe sin b'as an bPolainn di.

Bhí mórán Polannach ag éirí as agus ag filleadh abhaile, ach bhí muintir Dhorota tar éis cur fúthu anseo agus socrú síos, beag beann ar chúlú.

'Cad is cúlú ann?' a d'fhiafraigh Mara.

'You know, it's ... ar an nuacht,' a mhínigh Dorota. 'Gan airgead a bheith ag daoine.'

'Recession, an ea?' arsa Mara.

'Díreach é,' arsa Dorota. 'Ach tá obair ag m'athair, agus táimid ag fanacht in Éirinn. Is maith liom sin. Is breá liom é.'

'Tá neart Gaeilge agat, a Dhorota, agus tá tú go hiontach sa Bhéarla leis.'

Las Dorota rud beag san aghaidh.

'Whatever,' ar sise, focal nach raibh aistriúchán ag Mara air.

'Tar abhaile liom tráthnóna,' arsa Mara go tobann. Thaitin an cailín seo léi, agus ní raibh cara speisialta aici faoi láthair, toisc Tracy a bheith ag dul thart an t-am ar fad le cailín darbh ainm Sorcha Dempsey.

Bhí Dorota iontach tógtha leis na bábóga páistiúla a bhí faighte ag Mara dá lá breithe.

'Tá siad *cute* amach is amach,' a dúirt sí.

'Gleoite,' arsa Mara.

'Dar leatsa, freisin?' arsa Dorota agus í ag baint na mbábóg as a chéile. 'Gleoite. Maitríóisce. Focal Rúiseach. A haon, a dó, a trí, a ceathair. A cúig ar strae?'

'Mmm,' arsa Mara, 'sin í an bharúil a bhí agam féin. Ach ní dóigh le mo mháthair go raibh an cúigiú ceann ann riamh.'

'Tá,' arsa Dorota. 'Ceathair – osclaíonn sí. Cúig, dúnta, an dtuigeann tú?'

'Tuigim,' arsa Mara. 'An bhábóg is lú, ní féidir leat í a oscailt, an ea?'

'Is lú?'

'Beag. Ní féidir leat "níos bige" a rá, "níos lú," a deir tú.'

'Ceathair beag,' arsa Dorota, 'cúig níos lú?'

'Go díreach. An cúigiú bábóg an ceann is lú – ach níl sí againn.'

'Caillte,' arsa Dorota.

'Bhuel, ar iarraidh ar aon nós,' arsa Mara, agus í ag

miongháire.

'Ón Rúis,' arsa Dorota arís.

'Sin é a deir mo mháthair. Ba le mo sheanmháthair iad, mar a tharlaíonn.'

'Rúiseach? *Granny* Rúiseach agat?'

'Níl a fhios agam.'

'Do *ghranny* féin – ní heol duit an Rúiseach í?'

'Ní heol,' arsa Mara. 'Is dócha go bhfuil sí marbh.'

'Is dócha? Do *ghranny*, ní heol duit í a bheith beo nó marbh?'

'Ní heol,' arsa Mara arís. Bhí sí ag éirí rud beag míchompordach.

'Faigh amach,' arsa Dorota. 'Ba cheart duit.'

4

An tseanmháthair faoi rún

'Inis dom faoi do mháthair,' arsa Mara lena máthair féin nuair a bhí Dorota imithe abhaile. 'Mo sheanmháthairse. Cén fáth nach ndearna tú trácht riamh uirthi go dtí seo? Ní raibh a fhios agam fiú amháin go raibh aithne agat uirthi.'

'Rud ar bith le hinsint,' arsa Mam, a beola éirithe bán agus tanaí, agus í ag tógáil leabhair ina lámh.

'Cén saghas duine a bhí inti?'

'Contráilte,' arsa Mam go contráilte, agus an leabhar á oscailt aici. 'Cantalach. Crosta. Tá sí chomh casta sin,' ar sise go fíochmhar, agus dhruid sí an leabhar de phlab. 'Seanchailleach chasta, míréasúnta.'

Tá sí ... arsa Mara léi féin. Aimsir láithreach. Shílfeá go raibh máthair a máthar beo go fóill. Ach níorbh fhéidir é. Arbh fhéidir?

'Agus ba léi na bábóga?' a d'fhiafraigh sí os íseal.

'Ba léi,' arsa Mam.

'Agus cá bhfuair sise iad?'

'Óna máthair féin, ar a lá breithe, agus í trí bliana déag d'aois. Agus fuair sise óna máthair féin iad, is dócha. Agus sin an méid, a Mhara. Deireadh an scéil. Lig dom, anois.'

'Agus tusa?' Caithfidh mé a bheith cúramach. 'Fuair tú ó do mháthair iad, nuair a bhí tú trí bliana déag d'aois?'

'Trí déag, sea,' arsa Mam, agus í ag dul amach as an seomra, mar a bheadh rud éigin dearmadta aici.

Bhí rud éigin míshásúil ag baint leis an bhfreagra sin. Arbh óna máthair a fuair Mam na bábóga? Ní raibh sé sin soiléir ar chor ar bith. Ach bhí Mam imithe léi faoin am seo, agus ní raibh seans ag Mara í a cheistiú níos mine.

Ait. Iontach ait.

Nuair a bhí Mara ag dul a chodladh an oíche sin, bhí sí ag cur go leor ceisteanna trí chéile ina hintinn. Cá raibh an bhábóg ba lú? Cén fáth a ndúirt Mam nach raibh aon bhábóg riamh ní ba lú ná an ceathrú ceann? (Ná dúirt sí sin? Dúirt. Cinnte.) An raibh an bhábóg ba lú caillte cheana féin, nuair a fuair Mam na bábóga maitríóisce agus í ina cailín óg? Nó arbh í Mam a chaill í? Agus ar óna máthair a fuair sí iad? Murarbh ea, an raibh seanmháthair eile ag Mara, seachas máthair Dhaid, agus í ar an saol go fóill? Dá mba rud é go raibh, cén fáth nár lig Mam uirthi riamh go raibh máthair aici a bhí fós ina beatha?

Is dócha go raibh titim amach de shaghas éigin eatarthu. Ach cad ina thaobh? Agus rud eile de: ar Rúiseach í an tseanmháthair 'nua' seo? Agus an raibh sí contráilte, cantalach, crosta, casta i ndáiríre, mar a dúirt Mam?

Ba léir do Mhara nach raibh an dara rogha aici ach dul ar thóir na seanmháthar rúnda seo. Agus an cinneadh sin déanta, thit a codladh uirthi.

5
Tuairim faoin ainm

An lá ina dhiaidh sin, ní raibh Mara chomh cinnte céanna. Dá rachadh sí ar thóir a seanmháthar, bheadh fearg ar Mham, gan amhras ar bith. Mam feargach – níor dheas an smaoineamh é sin ar chor ar bith. B'fhéidir le Mam a bheith iontach fíochmhar, in amanna.

Ba léir do Mhara go mbeadh uirthi an cuardach seo a dhéanamh faoi rún.

Ach conas an cuardach a thosú, fiú? Níorbh eol di cá raibh cónaí ar an tseanmháthair seo. Ní raibh ainm a seanmháthar ar eolas aici fiú amháin. Bheadh uirthi an méid sin a fháil amach ar a laghad.

Théadh Mam agus Mara le chéile go minic ar an ollmhargadh ag an deireadh seachtaine, sa charr uafásach bogásach úd. Níor thiománaí é Daid ar chor ar bith. Níor thaitin carranna leis-sean. Toisc é a bheith ina ealaíontóir, dar le Mara – dealbhadóir a thug sé air féin, cé nach ndearna sé dealbh riamh.

'Cad ab ainm do do mháthair?' a d'fhiafraigh Mara dá máthair féin, agus iad ag dul ag siopadóireacht tráthnóna Dé Sathairn.

Níor thug Mam freagra ar an gceist. Ní dhearna sí ach grainc a chur uirthi féin. D'fhan sí ina tost.

Rinne Mara iarracht eile: 'Tá teoiric agam faoi,' ar sí.

'Teoiric, an ea?' arsa Mam, ag gáire dá hainneoin féin.

Ba mhaith an tuar an gáire sin, arsa Mara léi féin. Bhainfeadh sí triail as.

'Marita is ainm di, nach ea?' arsa Mara go bog, imníoch.

Ba bheag nach raibh timpiste ag Maria. Bhrúigh sí

ar an gcoscán, agus stad an carr de gheit i lár an bhóthair.

Caitheadh Mara chun tosaigh, agus bhuail sí a clár éadain in aghaidh an ghaothscátha. Lig sí scread bheag agus tharraing an crios sábhála timpeall uirthi go ciontach.

'M'leithscéal,' arsa Mam trína cuid fiacla, agus chuir sí an carr ag gluaiseacht arís.

'Sea, nach ea?' arsa Mara, í ag cuimilt a clár éadain. Bhí sí ag tagairt don bhuille faoi thuairim a bhí tugtha aici faoin ainm.

'Ní hea,' arsa Mam go grod, agus í ag féachaint go géar amach an fhuinneog, mar a bheadh rud éigin contúirteach ar an mbóthar.

Is ea, arsa Mara léi féin. Ba léir go raibh an t-ainm ceart aici. Mura mbeadh sin, ní bheadh Mam chomh trína chéile agus a bhí sí. Ba ghearr go bpléascfadh sí an carr!

'Cinnte nach ea?' arsa Mara.

'Cinnte,' arsa Mam, osna á ligean aici.

'Hmm,' arsa Mara.

'Geallaim duit,' arsa Mam. 'Éirigh as anois, a Mhara. Tá a fhios agat nach maith liom labhairt faoi. Lig dom.'

6

An t-ainm réitithe

'Bhí mé cinnte go raibh an t-ainm agam,' arsa Mara le Dorota. 'Féach.'

Scríobh sí a hainm féin ar phíosa páipéir:

MARA

'Mara is ainm duit,' arsa Dorota.

'Maith thú!' arsa Mara, rud beag searbhasach.

Ansin, scríobh sí an litir 'I' isteach san ainm:

MARIA

'Sin ainm mo mháthar,' ar sí.

'Ó!' arsa Dorota. 'Maria. Ainm Polannach freisin.'

'Idirnáisiúnta,' arsa Mara. 'Ach, an bhfeiceann tú –
an dóigh a luíonn m'ainmse isteach in ainm mo
mháthar?'

Chroith Dorota a ceann cúpla uair go mall. 'Á,' ar sise.
'Cosúil leis na bábóga, laistigh dá chéile!'

'Níor smaoinigh mé riamh air sin,' arsa Mara. 'Ach
tá an ceart agat, cinnte, a Dhorota.' Bhí an searbhas
imithe as a guth.

Ansin, chuir Mara 'T' isteach san ainm:

MARITA

'Shíl mé go mb'fhéidir gurb in é ainm mo
sheanmháthar,' ar sise. 'An bhfeiceann tú, an dóigh
a luíonn ainm mo mhátharsa isteach san ainm sin?'

'Ó,' arsa Dorota. 'Go deas. *Neat.*'

'*Yeah,*' arsa Mara. 'Bhí mé beagnach cinnte go raibh
sé agam!'

'Ach níl ... ' arsa Dorota. 'Is deas an tuairim é, ach ... *it doesn't prove anything.*'

'Ní cruthú ar aon rud é, cinnte,' arsa Mara. 'Tá an ceart agat, a Dhorota. Ní raibh ann ach tuairim. Ach, más ea, seo í an cheist: mura bhfuil mé tar éis teacht ar an ainm ceart, cén fáth a raibh mo mháthair chomh mór trína chéile? Ba bheag nach raibh timpiste aici, agus í ag tiomáint an pheata sin de charr aici!'

'Hmm,' arsa Dorota arís. 'Níl a fhios agam.'

Ach ansin, thóg sí an peann luaidhe as lámh Mhara. Scrios sí amach an 'T', agus scríobh 'N' ina ionad:

N
MARIŦA

'Marina, b'fhéidir?' ar sise. 'Ainm Rúiseach.'

'Dorota!' Lig Mara scread aisti. 'Is cinnte go bhfuil an ceart agat. Sin é é! Sin an fáth ar bheag nár scrios mo mham an carr – toisc an tuairim a bhí agamsa, Marita, a bheith iontach cosúil leis an ainm ceart – Marina. Shíl sí ar dtús go raibh sé agam, is dócha!'

'Hmm,' arsa Dorota. 'Go deas – cad é an focal ar *neat*? Slachtmhar? Beacht?'

'Ó, go han-bheacht ar fad!' arsa Mara, agus í ag gáire. 'Beacht amach is amach! Marina – Maria – Mara!'

7

Agus cad faoin sloinne?

Ní leor an chéad ainm agus tú ag lorg duine, ar ndóigh. Tá an sloinne i bhfad níos tábhachtaí. Ach cén dóigh a dtiocfadh sí ar shloinne na seanmháthar seo?

'Hmm,' arsa Dorota. 'Cuir ceist ar d'athair.'

'Ar m'athair?'

'*Yeah,* i bhfad níos fearr. Do mháthair – ní maith léi... Ach d'athair, *no problema.*'

'Mm,' arsa Mara. 'Smaoineamh maith. B'fhéidir go mbainfidh mé triail as.'

Bhuail Mara isteach tráthnóna i gceardlann a hathar ar chúl an tí. Bhí seisean i mbun cloigeann a dhéanamh as cré. Bhí na céadta cloigeann sa cheardlann cheana féin: cloigne páipéir, cloigne sreinge, cloigne adhmaid, cloigne marla. Ní raibh barúil ag Mara cad ina thaobh nach ndearna sé colainneacha riamh, ach cloigne de shíor.

Níor mhian léi ceist dhíreach a chur air, ar eagla na heagla – ceist faoin seanmháthair, ar ndóigh, ní faoina chuid cloigne aisteacha.

Seo í an cheist ghlic – dar léi féin – a chum sí in ionad ceist dhíreach a chur air:

'Cén fáth ar athraigh Mam a sloinne agus í ag pósadh?'

D'éirigh Daid as a chuid oibre de gheit.

'What?' ar seisean. 'Is gnáthrud ar fad é sin. Nó ba ghnáth ag an am. Agus is deas an sloinne é Clancy, nach deas?'

Bhí ar Mhara aontú leis sin.

'Ó, tá sé go hálainn ar fad,' ar sí, go fonnmhar, mar dhea. 'I bhfad níos fearr ná – ...'

'Ní Shúilleabháin,' arsa Daid.

'Ní Shúilleabháin, sea,' arsa Mara, faoi mar a bhí an méid sin ar eolas aici le fada an lá. 'Tá an ceart agat. Tá Clancy i bhfad níos galánta, cinnte.'

Ach ní raibh suim ar bith aici sa chomparáid idir Clancy agus Ní Shúilleabháin. An rud a bhí de dhíth uirthi, bhí sé aici! Sloinne réamhphósta a máthar, agus ar ndóigh sloinne a seanmháthar fosta.

Ó Súilleabháin. Uí Shúilleabháin. Sullivan.

Chonaic Mara an sloinne uasal scríofa san aer os comhair a súl. B'as criostal glioscarnach na litreacha galánta, agus iad ag clingeadh go bog i gcoinne a chéile.

Seans gur athphós sí níos déanaí, ar ndóigh, an tseanmháthair, agus go raibh an sloinne athraithe aici. Ach seans níos mó ná sin nár phós sí an dara huair, agus gur choinningh sí an sloinne Ó Súilleabháin.

'Hmm,' arsa Dorota mar ba ghnáth, nuair a chuala sí faoin méid sin.

'Ní mór dom a fháil amach anois cá bhfuil cónaí uirthi,' arsa Mara.

'Féach sa *phone book*,' arsa Dorota. 'Nó ar an Idirlíon.'

'*Phone book?*' arsa Mara. 'Ach cén ceann? Níl barúil ar bith agam cá bhfuil sí ina cónaí. Más rud é go bhfuil sí beo féin!'

'Baile Átha Cliath,' arsa Dorota.

'Conas ...?'

'An chathair is mó, an seans is mó.'

'B'fhéidir é,' arsa Mara, agus í ag machnamh. 'Is as Baile Átha Cliath mo mháthair, ceart go leor. Ach níl eolaí fóin Bhaile Átha Cliath againn. Agus níl an tIdirlíon againn ach oiread. Toisc an teach a bheith rófhada ón mbaile nó fadhb éigin mar sin.'

'Tá *phone book* Bhaile Átha Cliath againne sa bhaile,' arsa Dorota. 'M'athair, bíonn sé *often* ag cur glao ar an gcathair.'

'Go minic,' arsa Mara. 'Dorota, *you are a star.*'

'*Star?* Réalta? Sa spéir?'

'Réalta. Go díreach. Réalta gheal álainn sa spéir thú!'

'Ó,' arsa Dorota, agus las sí san aghaidh.

'Ar aghaidh linn, mar sin, i dtreo do thí.'

8

Glao ar Mharina

Bhí cupla leathanach Sullivan in eolaí fóin athair Dorota, ach ní raibh 'Marina' ar bith ina measc.

'Ní chuireann mná a gcuid ainmneacha isteach,' a mhínigh Mara.

'No?' arsa Dorota.

'No,' arsa Mara. 'Ní chuireann siad ach an chéad litir, sa dóigh nach mbeadh a fhios ag éinne gur bean atá ann.'

'Ó,' arsa Dorota. 'Feicim. Agus na sloinnte seo a bhfuil litir leo in ionad chéadainm – is mná iad go léir mar sin?'

'Ní hea,' arsa Mara. 'Níl aon chiall ag baint leis sin. D'fhéadfadh fir nó mná a bheith i gceist.'

'Feicim,' arsa Dorota arís. 'Má tá M ann, is é Michael é, b'fhéidir, nó Mairéad, nó Méadhbh, nó Malachy.'

'Nó Marina.'

'Tá súil againn,' arsa Dorota.

'Ach an fhadhb atá againn anois,' arsa Mara, 'ná – cé acu díobh seo mo sheanmháthair?'

'Cuirfimid glao,' arsa Dorota.

'*Yeah,* ach cad a déarfaimid?' arsa Mara ag olagón.

'Furasta,' arsa Dorota. 'Déarfaimid, *"Hello* Marina."'

Rinne Mara gáire. É chomh simplí sin?

'Ach más Malachy atá ann?' ar sí. 'Nó Mairéad?'

'Más ea,' arsa Dorota, 'déarfaimid, "Ó, gabh mo

leithscéal, *wrong number.*'"

D'fhéach Mara ar Dorota, le barr measa.

'Go díreach,' ar sí. 'Ó-cé. Tóg an fón, a Dhorota. Is féidir leatsa an chéad ghlao a chur.'

'Sure thing,' arsa Dorota.

Agus thosaigh siad ag glaoch ar na M Sullivans go léir a bhí luaite in eolaí fóin Bhaile Átha Cliath.

'Hello?' arsa Dorota go haerach leis an gcéad duine. 'Marina?'

Níor chuala Mara ach plac, plac, plac, mar a bheadh Dorota ag labhairt le turcaí cainteach.

'Ó, feicim,' arsa Dorota. *'Sorry for bother you. Wrong number.'* Chuir sí an fón síos.

'Cén bhrí a bhí leis an méid sin?' arsa Mara.

'Níl a fhios agam,' arsa Dorota. 'Rud éigin faoi *yot*.'

Ach bhí glao eile tosaithe aici faoin am seo.

'*Hello?*' ar sise go haerach arís. 'Marina?'

Chuala Mara an turcaí arís, plac, plac, plac, agus leag Dorota an fón síos go tobann.

'Amadán,' ar sí le Mara. 'Duine eile ag rámhaillí faoi *yot*.'

Chuir Mara grainc uirthi féin. Ach ansin, rith sé léi cad a bhí ag tarlú: 'Ó, tá a fhios agam cad atá i gceist acu! *Yacht. Marina, yacht.* Tá siad ag déanamh amach go bhfuil tú ag cur ceist faoi *marina* éigin.'

'Ceart. Tá mé ag cur ceist faoi Marina.'

'Ach an *marina* atá i gceist acu siúd ná saghas cuain, áit ar féidir leat bád, no *yacht*, a fheistiú.'

Ba chosúil nach raibh an bharúil is lú ag Dorota. Bhí

an fón tógtha ina lámh arís aici. Thóg Mara an fón uaithi agus rinne sí féin an uimhir an uair seo.

'Hello, Marina,' ar sise go haerach leis an nguth a bhí tar éis freagairt.

'Ó, a Mharina,' arsa an guth, 'nach breá go bhfuil tú ann, bhí mé díreach chun ... '

'Fan bomaite,' arsa Mara. 'Ní mise Marina.'

'Bhuel, cad chuige go ndúirt tú gur tú Marina,' arsa an guth go crosta, 'murar tú Marina? In ainm Dé, cad atá ar siúl? *Prank phone call* an ea?' Agus scoireadh an glao de phlab.

Shearr Mara na guaillí, agus thosaigh sí ar an gcéad uimhir eile.

An uair seo, rinne sí iarracht ar a bheith níos soiléire.

'Dia dhuit, an í Marina atá agam?' ar sí.

'Hello?' arsa an guth. 'Gabh mo leithscéal, cé hí seo atá ag caint?'

Guth mná a bhí ann, agus ní dúirt sí nárbh í Marina í.

Rinne Mara comhartha le Dorota. Bhí a croí ag bualadh go tréan. Bhí a béal tirim. Ach d'éirigh léi a rá go gealgháireach, 'Mara anseo. Marina ansiúd?'

Freagra ar bith.

'Marina?' ar sise arís.

'Níl mé ag iarraidh mo chomhlacht fóin a athrú,' arsa Marina go borb. 'Tá mé sásta leis an gceann atá agam. Slán.'

'Fan!' arsa Mara. 'Níl baint ar bith ... fón, ní sin ... Mara atá ann, do ghariníon.'

'Éirigh as,' arsa an guth. 'Níl a fhios agam cad atá ar siúl, ach níl aon ghariníon agamsa. Anois, tá go leor le déanamh agam, a chailín, agus tá mé chun an fón a chrochadh ... '

Cailleach chantalach, chrosta, chasta!

'Ach, a Mhamó!' arsa Mara de chogar.

Bhí ciúnas ann ar feadh nóiméid.

Ansin, dúirt Mara, i bhfad níos tomhaiste: 'An tusa máthair Mharia Cla... *I mean,* Maria Ní Shúilleabháin?'

'Cé atá ann?' arsa an guth, de ghlór a scoiltfeadh cnoc oighir.

Phreab an fón i lámha Mhara, agus bhí uirthi greim docht a choimeád air.

'Is mise iníon Mharia Ní Shúilleabháin, Maria Sullivan.'

Ciúnas ar an taobh eile.

Bhí a fhios ag Mara go cinnte anois gurbh í a seanmháthair a bhí ann. Dá mba rud é gur *wrong number* a bhí ann, bheadh an bhean tar éis an fón a chur síos i bhfad ó shin.

D'fhan sí.

Agus d'fhan sí.

Faoi dheireadh, fuair sí freagra, agus glór an oighir sa ghuth go fóill.

'Tá iníon ag Maria Sullivan, an bhfuil? *Well, well.*'

Thosaigh Mara ag caint go tapa: 'Mara is ainm dom. Tá mé trí bliana déag d'aois. Tá beirt deartháir agam, Tom agus Tim. Clancy an sloinne atá orainn.'

'Trí déag,' arsa an guth. 'Clancy.'

'Go díreach,' arsa Mara. 'Fuair mé na bábóga.'

'Na bábóga,' arsa an guth.

'Sin é an fáth … ' Baineadh stad as Mara. 'Bhuel … '

Ciúnas arís ar an taobh eile.

'A Mhamó!' arsa Mara, ag tachtadh.

'Bhuel, cad atá uait?' arsa Marina Sullivan, mar a bheadh Mara ag glaoch ar sheirbhís custaiméirí éigin.

'Um,' arsa Mara, agus í ag slogadh. 'B'fhéidir … tig liom cuairt a thabhairt ort?'

'Inis dom,' arsa a seanmháthair, 'an bhfuil do mháthair taobh thiar den smaoineamh sin?'

'Níl!,' arsa Mara go tapa. 'Níl a fhios aici fiú … '

'Ceart go leor,' arsa an tseanmháthair. 'Creidim thú. Cá bhfuil tú, a leana?'

'Sa bhaile,' arsa Mara. 'I mean, teach mo chara. Cóngarach don bhaile. Ní inniu atá i gceist agam …

Ní féidir liom teacht anois. Tá sé ... thar a bheith deacair, 'bhfuil a fhios agat?'

'Huh!' arsa an guth. 'Ó, tá a fhios agam, cinnte.'

Ciúnas.

Bhí Mara ag cur allais faoin am seo.

'Éist, a chailín,' arsa an tseanmháthair faoi dheireadh, 'ba dheas an rud é gur chuir tú glao orm, ach ní dóigh liom ... '

Bhí teanga Mhara greamaithe le díon a béil. Scaoil sí í. 'Ná habair é!' ar sí.

Ciúnas arís.

'*I mean,*' arsa Mara, 'b'fhéidir go bhféadfá do mhachnamh a dhéanamh ... Tá mé ... tá mé go deas, b'fhéidir go dtaitneoinn leat.'

Rinne an tseanmháthair gáire, rud a chuir

faoiseamh ar Mhara. Ach ní dúirt sí rud ar bith.

'*Tell you what,*' arsa Mara, 'Beidh mé ... cuirfidh mé scéala chugat. Go luath.'

'Hrrmph,' arsa a seanmháthair. 'Ní thig liom cosc a chur ort, is dócha. Cad is ainm duit arís? Mara, an ea?'

'Sea,' arsa Mara. 'Mara Clancy.'

'Is maith sin,' arsa an tseanmháthair, go sásta.

'Is maith,' arsa Mara arís.

'Bhuel, slán leat, a thaisce,' arsa an tseanmháthair, agus í éirithe béasach go tobann. *'Talk soon.'*

Rud nach ndeir seanmháithreacha de ghnáth, fad agus ab eol do Mhara.

'Ní fheadar cén aois í,' arsa Mara le Dorota tar éis di an fón a chur síos.

'Ó, bíonn siad aosta,' arsa Dorota. 'Sa Pholainn, bíonn na seanmháithreacha aosta ar fad. An rud céanna in Éirinn?'

'Caoga?' arsa Mara. 'Tá caoga iontach aosta. Nó níos sine, b'fhéidir. Seasca, fiú?'

'Cinnte,' arsa Dorota. 'Aosta ar fad.'

'Beidh orm dul ar cuairt chuici go luath. Sula bhfaighidh sí bás. Ní mhaireann seandaoine i bhfad, agus más rud é go bhfuil sí seasca bliain d'aois, ar ndóigh, níl mórán ama fágtha aici.'

'An ceart agat,' arsa Dorota. 'B'fhéidir go rachaidh tú le do Mham, ar an Luan.'

'Ní dóigh liom é' arsa Mara. Ba léir nar thuig Dorota faic. 'Níor mhaith le mo mháthair a fháil amach go raibh mé i dteagmháil le mo sheanmháthair. Ní féidir liom é a insint di.'

'Ach cén fáth ar thug sí na bábóga maitríóisce duit,

más ea?'

'Barúil ar bith agam,' arsa Mara. 'Mistéir mhór atá ann.'

9
Bualadh le buachaill

Bhí Mara ag gabháil thar na soilse tráchta ag an gcrosaire coisithe lá. Níor chreid sí riamh go raibh baint ar bith ag an gcnaipe mór airgid ar chuaille na soilse leis an bhfirín glas. Dar léi féin, ba chuma cé acu ar bhrúigh tú ar an gcnaipe nó nár bhrúigh, thagadh an firín glas laistigh den tréimhse a ceapadh dó, pé rud a dhéanfá.

Chun an tuairim sin a chruthú di féin, b'fhéidir, bhrúigh sí go fánach ar an gcnaipe – agus láithreach bonn, thosaigh an píp-píp-píp do na daoine dalla ag píobaireacht leis go haerach, agus bhí an firín glas le feiceáil thall.

Baineadh geit as Mara. Bhí sí trína chéile. Bheadh uirthi an tsráid a thrasnú anois, tar éis di an firín glas a mhúscailt! Ach ní raibh fonn uirthi dul trasna. D'fhan sí nóiméad ar an gcosán, í ag moilleadóireacht go haiféalach.

Faoi dheireadh, bheartaigh sí dul trasna, á ligean uirthi gurbh in é a bhí ar intinn aici i gcónaí. Chuir sí a cos amach ar an mbóthar, ach má chuir, thiontaigh an firín glas láithreach ina fhirín oráiste.

Stad Mara agus í idir dhá chomhairle arís, ach ansin thug sí rúid ar an taobh thall den tsráid. Ach ní raibh an taobh thall bainte amach aici nuair a thiontaigh an firín oráiste ina fhirín dearg. Baineadh stad aisti, agus í i gceartlár na sráide. Cad ba chóir di a dhéanamh, leanúint ar aghaidh nó dul ar ais? Bhí sí cosúil le sicín neirbhíseach ag rith thart gan stiúir.

'Haidhe, tusa!' Tháinig an guth as fuinneog chairr. Ní raibh an carr tugtha faoi deara ag Mara go dtí seo, ach bhí sé tar éis stad de scréach i lár an chrosaire.

'Tusa!' arsa an guth arís. 'Tú féin atá i gceist agam!'

Bhí aghaidh thaitneamhach, aoibhiúil, fhireann ag breathnú uirthi as fuinneog an chairr.

'An ag iarraidh lámh a chur i do bhás féin atá tú, a chailín? Mara! An tú féin atá ann?'

D'aithin Mara é faoi dheireadh. Deartháir le cailín a bhí sa rang léi féin, Sorcha Dempsey.

Rith a ainm léi, agus d'fhreagair sí, 'Ó, a Rónáin, tá brón orm, tá mo cheann ar strae inniu, ag brionglóideach atáim, is dócha.'

'Lean ort,' arsa Rónán, ag pointeáil ar an gcosán thall, agus rinne Mara mar a dúradh léi.

Ghluais an carr ina raibh Rónán chun cinn. Thug Mara faoi deara go raibh bean sa charr chomh maith le Rónán.

Chomh luath agus a shroich sí an cosán thall, d'iompaigh Mara agus bhrúigh sí ar an gcnaipe arís. Níor theastaigh uaithi a bheith ar an taobh seo den tsráid ar chor ar bith!

Bhí sí leathbhealach trasna an bhóthair, sa treo

contráilte an uair seo, nuair a chuala sí guth Rónáin arís. Ní sa charr an uair seo é, ach de chois.

'A Mhara!' ar seisean. 'Tá tú rud beag trína chéile inniu!'

Tháinig Mara anall agus dúirt, 'Ach cad as a léim tusa? Nach raibh tú ag tiomáint anois díreach?'

'Mo mháthair a bhí ag tiomáint. Scaoil sí amach mé, sa dóigh go bhféadfainn labhairt leat. An bhfuil tú ceart go leor? Tá cuma aisteach ort, agus tú ag trasnú agus ag atrasnú na sráide.'

Níor mhínigh Mara dó nach raibh sí ach ag baint trialach as an gcnaipe bómánta. Ní dhearna sí ach mhiongháire beag.

'Bhuel,' ar seisean ansin. 'Conas atá an saol?'

Ba é seo an chéad chomhrá riamh a bhí idir Mara agus Rónán, agus cé gur thaitin sé go maith léi, ní raibh mórán le rá aici leis.

Bhí fadhb eatarthu, chomh maith, sa mhéid nár thaitin Sorcha, deirfiúr Rónáin, le Mara i láthair na huaire, toisc í a bheith tagtha le déanaí idir Mara agus an cara ab fhaide a bhí aici, Tracy Ní Chathasaigh. Bhíodh Mara agus Tracy an-mhór le chéile, le blianta anuas, ón gcéad lá i rang na naíonán. Ach bhí athrú éigin tagtha ar Tracy le déanaí, agus í éirithe iontach cairdiúil le Sorcha Dempsey.

Dá bhrí sin, níor bhraith sí féin ar a socracht i láthair dhearthár an té a scrios an cairdeas idir í féin agus Tracy. Cé nach raibh barúil aigesean, ar ndóigh, go raibh fadhb ar bith ann.

Mar sin, in ionad fad a chur leis an gcomhrá, d'fhág Mara slán ag Rónán go measartha tapa, agus lean sí ar aghaidh i dtreo an bhaile. Ach ba chúis aiféala di é mar sin féin.

10

An chuairt

Chinntigh Mara an seoladh arís. Bhí sé scríofa síos aici as eolaí fóin Dhorota, agus bhí a fhios aici go raibh sé i gceart aici, ach bhí an teach seo galánta ar fad, ró-ghalánta, fiú. Bhí sé ard, maorga, agus é ag féachaint anuas go tiarnúil ar Mhara. Bhí áiléar faoin díon agus íoslach faoin talamh, agus trí stór eile eatarthu. Caisleán tí, a mheas Mara. Níor shamhlaigh sí go mbeadh Marina saibhir.

Bhrúigh sí an geata isteach agus suas na céimeanna léi go dtí an doras mór scanrúil a bhí iontach dúnta.

Bhain guth stangadh as an aer taobh thiar di: 'A Mhara?'

D'fhéach Mara thart.

Bhris an guth an t-aer arís. 'A Mhara!'

Ní raibh duine ar bith le feiceáil taobh thiar di ar na céimeanna, ná ag an ngeata, ná taobh amuigh den gheata. Chas sí ar ais agus d'iniúch sí fuinneoga an tí mhóir bháin, féachaint an raibh duine éigin ag claonadh go casaoideach as ceann acu.

Duine ar bith.

Cearthaí. Tada seachas cearthaí. Neirbhís.

Thóg Mara céim ar aghaidh agus shín amach a lámh, gach méar réidh chun brú ar chloigín an dorais – dá mba rud é go mbeadh cloigín ar bith ann. Ach ní raibh.

Tháinig a hainm arís de gheit ó áit éigin.

'A Mhara!'

D'fhéach Mara thart arís. Duine ar bith. Uaigneach!

'Thíos anseo!' Rinne an guth an t-aer thart faoi chluasa Mhara a scríobadh. 'Féach anonn thar na ráillí, a chailín.'

Bhí ráillí gorma ar thaobh na gcéimeanna. Chuaigh Mara ina dtreo, agus d'fhéach síos.

Bhí bean ina seasamh thíos os comhair dhoras an íoslaigh, agus í ag sméideadh ar Mhara. Bhí sean-*tracksuit* dearg uirthi.

Ar theach é seo den chineál a mbíonn giollaí ann?

Agus conas a bhí ainm Mhara ar eolas ag an mbean tí seo?

Bhí go leor ceisteanna ag dordán istigh i gceann Mhara, ach níor lig sí tada uirthi, agus chuaigh sí síos na céimeanna go cúramach.

'Bhí mé ag lorg mo sheanmháthar,' a dúirt sí agus í ar aon leibhéal leis an mbean, 'ach níl sí sa bhaile. Ní raibh seans agam scéala a chur chuici. Is trua é.'

'Hmmm,' arsa bean an *tracksuit*. 'Tar isteach anseo.'

Agus d'oscail sí an doras beag cúng faoi na céimeanna.

'Bhuel,' arsa Mara, 'tá deifir orm. Ní féidir liom fanacht go bhfillfidh sí. An féidir liom teachtaireacht a fhágáil di?'

'Ar aghaidh leat isteach,' arsa an bhean. 'Beidh cupán tae agat, agus píosa *gingerbread*. Sin é an rud a bhaineann le seanmháithreacha, fad agus is eol domsa.'

'Bhuel,' arsa Mara arís, 'tá orm bheith ar ais i gceann uaire, agus ...'

'Beidh cupán tae agat,' arsa an bhean arís.

'Beidh,' arsa Mara. Thug sí faoi deara go tobann go raibh ocras an domhain uirthi. Ní raibh am aici aon lón a fháil, agus bhí sé ina ardtráthnóna faoin am seo.

'Tá mé díreach ar ais ó mo shiúlóid,' arsa an bhean.

'Cathain a bheidh mo sheanmháthair ar ais?'

'Cad é?' arsa an bhean.

B'fhéidir nach raibh an teach ceart aici ar chor ar bith? Ach níorbh fhéidir sin – bhí a fhios ag an mbean deas chairdiúil seo cén t-ainm a bhí uirthi.

'Tá mé ag lorg mo sheanmháthar, Marina Sullivan. An bhfuil mé i gceart?'

'Ó, tá, cinnte. Is ceart cuairt a thabhairt ar do sheanmháthair. Gan amhras.'

Bhí siad tar éis teacht isteach anois trí halla dorcha lán de chótaí agus rothair agus buataisí agus bróga, agus bhí seomra mór compordach bainte amach acu. Ní raibh sé galánta ar chor ar bith, agus bhí a leath faoi thalamh, ach é go deas sócúil, agus go leor plandaí os comhair na bhfuinneog, agus sófa mór bog in aice na tine – a bhí ar lasadh go meanmach.

'Suigh síos, suigh síos,' arsa an bhean. 'Beidh mé ar

ais láithreach. Níl mé ach ag dul chun citeal a chur
síos.' Agus as go brách léi as an seomra.

Nuair a tháinig sí ar ais, bhí sí gléasta i bhfad ní ba
mheasúla, sciorta agus geansaí deas néata uirthi.
Bhí tráidire aici a raibh gréithe tae agus cáca mór
álainn air.

''Bhfuil cuma níos seanmháithriúla orm anois?' ar
sise, agus í ag miongháire.

'Níos ... ?' arsa Mara. Agus rith sé léi faoi dheireadh
thiar thall: 'Marina?' ar sí. 'An tusa Marina?'

'Is mise an bhean chéanna,' arsa an bhean. 'An
tracksuit a chuir ar strae thú, nárbh ea? Brón orm
gan seál a bheith orm, sa dóigh go mbeadh a fhios
agat chomh críonna agus atá mé.'

Phléasc Mara amach ag gáire.

'Is mise do sheanmháthair, bíodh a fhios agat,' arsa
Marina. 'Ní mé do shin-seanmháthair.'

Chuidigh Mara lena seanmháthair an tae a chur
amach.

'An bhfuil sin-seanmháthair agam chomh maith? An
bhfuil do mháthairse beo go fóill?'

'Fad agus is eol dom,' arsa Marina ar nós cuma liom.

'Fad agus ... nach bhfuil a fhios agat é?'

'Bhuel, níor chuala mé go bhfuair sí bás, ar aon nós.
Is dóigh liom go bhfuil sí ag cur uafáis ar mhuintir
Bloomsbury go fóill.'

Bhí Mara suaite. Ní raibh suim ar bith ag Marina ina
máthair féin. Nárbh uafásach an scéal é? Ach ní
raibh suim ag Maria ina máthair sise ach oiread.
B'iontach an dream iad, go deimhin.

'Fan go mbreathnóidh mé ort,' arsa Marina ansin,
agus iad ag ól tae. 'Macasamhail d'athar thú, faraor.'

Crosta.

Baineadh siar as Mara. 'Ó!' ar sise 'Tá mise bródúil as an gcosúlacht!'

'Jonathan Clancy! An *turnip-head* sin. B'amadán ó dhúchas é. Dúirt mé le Maria ... ach ... . Agus cén fáth a bhfuil tusa ar mo lorg anois? Is dócha go bhfuil d'athair dífhostaithe, an liúdramán?'

Casta.

D'éirigh an fhearg aníos trí cholainn Mhara, agus níor fhan focal aici. B'fhíor nach raibh a hathair fostaithe, go díreach, ach ní raibh baint ar bith ag slí bheatha a hathar leis an mbean seo.

Bhí Mara ar tí briseadh amach ag caoineadh, ach níor mhaith léi go bhfeicfeadh a seanmháthair cé chomh buartha agus a bhí sí. Mar sin, ní dúirt sí ach, 'Is ealaíontóir é,' agus lig sí uirthi go raibh sí sáite sa cháca milis.

'Hmmm,' arsa Marina. 'B'óinseach bhómánta í do mháthair riamh. Ealaíontóir a phósadh. As ucht Dé!'

Cantalach.

Ní dúirt Mara tada. Bhí na beola beagnach ite dá béal aici, ag iarraidh gan rud ar bith a rá.

'Tá duine de na bábóga ar strae,' ar sise ansin.

'Na bábóga?'

'Rúiseacha,' arsa Mara.

'Ó, na maitríóisce! Ar strae? Cé acu?'

Ní raibh sí cantalach anois ar chor ar bith. Bhí sí deas cneasta agus rud beag imní uirthi, fiú, faoin mbábóg chaillte.

'An ceann is lú,' arsa Mara.

'Hmmm,' arsa Marina. 'Is trua sin. Is MÓR an trua sin.'

Cad a tharla don tseanbhean chrosta, chasta,

chantalach? Cá ndeachaigh sí? Níor thuig Mara tada.

'Nach bhfuil barúil agat cá háit?' arsa Mara.

'Agamsa? Maise, níl. Bhí siad go léir ann, an uair dheireanach a chonaic mise iad. Cúig cinn, nach ea?'

'Is ea,' arsa Mara, agus díomá uirthi. 'Ba cheart go mbeadh cúig cinn ann. Ach níl ach ceithre cinn agam.'

'Nach bhfuil an cáca go haoibhinn?' arsa Marina ansin, agus í ag gearradh slisní de, faoi mar nach raibh rud ar bith géar ráite aici cheana.

'Tá orm imeacht,' arsa Mara. 'Tá mé déanach faoin am seo.'

'Cá bhfuil cónaí ort? Conas a tháinig tú? Ar an DART, an ea? Nó ar an mbus?'

'Ar an DART agus ar an mbus. Go leor busanna. Tá cónaí orm faoin tuath, i bhfad uaidh seo. Tá mé ar thuras scoile, ar an zú, mar dhea. Tá na daltaí eile go léir ann, agus tá orm a bheith ann ag a cúig díreach.'

'Leathuair tar éis a ceathair anois!' arsa Marina, agus í ag léim in airde agus ag bailiú rudaí go tapa. 'Seo, tabharfaidh mé ann tú. Ach an zú – má shroichimid é taobh istigh de leathuair ... míorúilt a bheidh ann. Brostaigh ort, a thaisce, brostaigh. Tóg an *gingerbread* seo leat, tá ocras ort, tá a fhios agam é. Ó, déan deifir! Cad a tharlóidh mura bhfillfidh tú in am?'

Níor mhaith le Mara buille faoi thuairim a thabhairt faoin méid sin.

'Lean ort,' arsa Marina, agus thug sí sonc bog sa droim dá gariníon.

Amach leo, agus isteach i gcarr beag bídeach corcra a bhí taobh amuigh den teach.

Bhrúigh Marina ar an luasaire, agus níor scaoil sí leis, ba chuma faoi shoilse, crosairí, carranna eile, Gardaí fiú amháin, go dtí gur bhain siad amach Páirc an Fhionnuisce. Stad siad de scréach taobh amuigh de gheataí an zú, agus léim Mara amach ar nós na gaoithe, agus isteach sa bhus a bhí ag feitheamh, agus an t-inneall ar siúl.

Ghlaoigh Marina amach fuinneog an chairr, agus Mara beagnach ar bord: 'Abair le do mháthair ... '

Stad Mara, agus d'fhan sí, cos amháin ar an talamh, an dara cos ar chéad chéim an bhus.

'Dhera, ná bac leis. Slán abhaile, a thaisce.'

'Slán leat, a Mhamó,' arsa Mara.

'Marina is ainm dom.'

'Slán, a Mharina.'

11

Ar an mbus abhaile

Bhí Dorota ar cipíní. Agus an múinteoir ar buile.

'Cá raibh tusa, a Mhara Clancy, go dtí seo?' ar sise, agus í ag cnagadh ar a huaireadóir. 'Táimid ag fanacht leat le ... deich nóiméad ar a laghad. Bhí mé díreach ar tí glaoch ar na Gardaí. Ar fhág tusa an zú tráthnóna?'

'Ar an leithreas,' arsa Mara, gan aon fhreagra a thabhairt ar an gceist dheireanach.

'Ní fhaca mé ó am lóin tú,' arsa an múinteoir go hamhrasach. 'Agus an cairrín corcra sin – an bhfuil baint éigin aici leatsa? Nár éirigh tú amach aisti?'

'Níor éirigh.' B'fhuath le Mara bréaga a insint. Ach in am na contúirte, ní féidir a mhalairt a dhéanamh. 'Bhí mé ... an tráthnóna uile ... sa ... bhí mé i dteach na bpéisteanna, ag amharc ar na nathracha. Tá mé tógtha go hiomlán leis na reiptílí, a Bhean Uí Ríordáin. Cuir ceist ar éinne. An cóbra an ceann is fearr liom, ach an *rattler*, tá seisean iontach suimiúil fosta, nach bhfuil?'

Níor thaitin nathracha le Bean Uí Ríordáin ar chor ar bith, rud a raibh Mara ag brath air. Níor mhaith leis an múinteoir nathracha a phlé, fiú, ach ní fhéadfadh sí é sin a admháil, toisc an zú a bheith chomh hoideachasúil sin.

'Suigh síos,' ar sise go crosta. 'Beidh orm athchomhaireamh a dhéanamh anois, sula n-imeoimid. Suígí go léir go ciúin anois. Ná bogaigí!'

'Tá sí crosta,' arsa Dorota. 'Chuaigh Tracy Casey agus Sorcha Dempsey isteach sa chathair.'

'Gan chead?'

'Díreach é. Agus rinne Bean Uí Ríordáin cuntas, agus triúr cailíní, bhí siad as láthair.'

'Triúr?'

'Tracy, Sorcha agus tú féin.'

'Ó!' arsa Mara. 'Mise san áireamh! An bhfuil a fhios aici ...'

'Dúirt mé go raibh tú ar an leithreas.'

'Chaith mé an lá ar fad ar an leithreas, mar a tharlaíonn,' arsa Mara, ag gáire os íseal.

'Agus do sheanmháthair?' arsa Dorota os íseal. 'D'aimsigh tú í?'

'D'aimsigh,' arsa Mara.

'Agus ... ?'

'Agus tada.'

'Ach, Mara. Conas atá sí? Deas?'

'Mm, go deas. Cairdiúil. Greannmhar leis. Agus cuibheasach óg, mar sheanmháthair.'

'Níl sí crosta?'

'Ó, tá. Iontach crosta.'

Turnip-head!

'Ach dúirt tú ... '

'*Yeah,* tá a fhios agam. Tá sí go deas, ach tá sí crosta, casta, cantalach chomh maith.'

'Ní féidir,' arsa Dorota. 'Duine crosta, níl sí deas.'

'Bhuel, sin mar atá an scéal,' arsa Mara. '*Weird*, nach ea? Ach, éist, thug sí an cáca seo dom. Bain triail as píosa. Blasta amach is amach.'

'Mm,' arsa Dorota.

'Ach, a Dhorota! Tá orm dul go dtí an leithreas,'

arsa Mara agus an bus ag gabháil amach trí gheataí na páirce. 'I ndáiríre an t-am seo.'

'Ní féidir!'

'Ní fhaca mé leithreas ó mhaidin,' arsa Mara d'olagón.

'Ní féidir,' arsa Dorota arís.

'Ó, tá a fhios agam,' arsa Mara. 'Síleann an múinteoir go raibh mé díreach ann! Cá mhéad ama go dtí go sroichfimid an baile?'

'Trí huaire an chloig.'

'Trí huaire? Ó, a Dhorota, gheobhaidh mé bás!'

12

Prababcia

Ní bhfuair Mara bás, ar ndóigh.

Bhí an t-ádh léi gur chosain Dorota í ar fhearg an mhúinteora. Bhí rí-rá agus ruaille-buaille ann faoin mbeirt chailíní eile, Tracy agus Sorcha, a d'fhág an zú.

Cuireadh faoi ollchosc iad. Is é sin le rá nach raibh cead acu bogadh as an scoil de ló nó as a dtithe féin istoíche ar feadh míosa. Cosc ar an bpictiúrlann, na siopaí, páirc na gcluichí, an linn snámha, an leabharlann fiú.

Tháinig Mara slán as, áfach. Bhí Bean Uí Ríordáin in amhras fúithi, ach ní raibh fianaise ar bith aicise nach raibh Mara i ndáiríre i dteach na reiptílí – nuair nach raibh sí ar an leithreas, ar ndóigh.

An rud ab fhearr le Dorota a dhéanamh, nuair a thagadh sí go teach Mhara tar éis na scoile, ná imirt leis na bábóga maitríóisce. Bhaineadh sí na bábóga go léir as a chéile, agus chuireadh sí ina seasamh i líne iad ar an mbord, ón gceann is mó go dtí an ceann is lú.

'An ceann is beaga ...,' ar sise.

'Is lú,' arsa Mara.

'Sin é é,' arsa Dorota. 'An ceann is lú. Sin í do mháthair. Maria is ainm di.'

'Mm,' arsa Mara, gan mórán suime aici sa chluiche seo.

'Agus an ceann is mó ...'

'An chéad cheann is mó ar fad acu,' arsa Mara.

'Go díreach, sin Marina. Seanmháthair.'

'Mm,' arsa Mara arís.

'Sa Pholainnis, *babcia*,' arsa Dorota.

'Huh?' arsa Mara.

'Seanmháthair,' arsa Dorota. 'Sin *babcia* i bPolainnis.'

'An ea?' arsa Mara. '*Babcia. Babcia.* Go deas. *Babcia.*'

'Agus an mórcheann ... ' arsa Dorota.

'An chéad cheann eile is mó,' arsa Mara.

'Sea, *prababcia*,' arsa Dorota.

'*Prababcia*? Cad is brí leis sin?'

'*Babcia* – sin *granny*, seanmháthair. *Prababcia*, máthair do *ghranny*.'

'Sin-seanmháthair an focal uirthi siúd,' arsa Mara.

'Seo í *prababcia*,' arsa Dorota. 'Sin-sean. Agus an ceann is mó ar fad, *pra-prababcia*. Ach Mara?' arsa Dorota.

'Cad faoi Mhara?' arsa Mara.

'Cá bhfuil sí?'

'Anseo,' arsa Mara. 'Tá mé anseo, a liúdramáin de Pholannach!'

'Ach, ní thuigeann tú. *I mean*, cá bhfuil Mara-bhábóg?'

'Ó,' arsa Mara. 'An bhábóigín is lú ar fad atá i gceist agat? Dúirt mé leat cheana, níl a fhios againn. Agus níl a fhios ag mo sheanmháthair ach oiread. Nó más rud é go bhfuil, níl sí ag ligean uirthi go bhfuil. Níl mé cinnte an bhfuil sí ag insint na fírinne, áfach.'

'Ba dheas Mara-bhábóg a fháil,' arsa Dorota.

'Ó ba dheas, cinnte,' arsa Mara. 'Sin é an fáth ar

thug mé cuairt ar mo sheanmháthair. Ach níl barúil agam. Agus níl mo mháthair ag ligean faic uirthi ach oiread, má tá aon tuairim aici siúd faoi. Ní féidir linn fáil amach cad é atá ar siúl.'

'Trua nach bhfuil *prababcia* agat,' arsa Dorota.

'Ó!' arsa Mara. 'Tá sin-seanmháthair agam fosta. Dúirt mo sheanmháthair liom go bhfuil.'

'Aha!' arsa Dorota. 'B'fhéidir go bhfuil a fhios aici cá bhfuil Mara-bhábóg?'

'Raiméis,' arsa Mara. 'Tá sí thar a bheith aosta, is dócha.'

'Ag rámhaillí go cinnte?' arsa Dorota. 'Seanbhean. Cloigeann ar strae?'

'Níl a fhios agam, b'fhéidir é, ach is dócha nach mbíonn na seandaoine go léir as a meabhair, ar ndóigh.'

'Ceist a chur ar *babcia*.'

'Mm,' arsa Mara. 'B'fhéidir é. Feicfimid.'

13

Glao gutháin eile

Bheartaigh Mara glao gutháin a chur ar a seanmháthair ar aon nós. Bhí uirthi buíochas a ghabháil léi ar a laghad. As an síob agus as an gcáca *gingerbread*.

'Marina?' ar sise, nuair a chuala sí guth a seanmháthar ar an líne fóin. 'Mara anseo, le go raibh maith agat a rá leat.'

'Ó, a Mhara, Dia dhuit,' arsa Marina. 'Fáilte romhat.'

Theastaigh ó Mhara ceist a chur uirthi faoin sin-seanmháthair, ach níor éirigh léi na focail a aimsiú.

'Eh,' ar sise. 'Bhí an císte blasta ar fad. An *gingerbread*, tá a fhios agat.'

'Go maith,' arsa Marina. 'Ar mhaith leat an t-oideas?'

'Ó, ba mhaith, cinnte,' arsa Mara go béasach. Ní raibh an t-oideas uaithi ar chor ar bith, ach níor mhaith léi an méid sin a rá. 'Ach níl peann luaidhe agam díreach anois.'

'Seolfaidh mé chugat é. Inis dom do sheoladh. Tá peann luaidhe agamsa, mura bhfuil ceann agatsa.'

Níor theastaigh ó Mhara a seoladh a thabhairt do Mharina. Cad a tharlódh dá dtiocfadh litir as Baile Átha Cliath chuici? Dá bhfeicfeadh Mam é? Conas a dhéanfadh sí rud mar sin a mhíniú, gan ligean uirthi go raibh teagmháil aici lena seanmháthair? Rud a chuirfeadh fearg ar Mham go cinnte.

Ba chosúil nár rith an méid sin le Marina ar chor ar bith.

'Hello? A Mhara? 'Bhfuil tú ann?'

'Ó, tá. Mo sheoladh r-phoist atá uait, an ea?'

'Maise, ní hea. Níl mé chomh nua-aimseartha sin.

Do sheoladh poist, le do thoil.'

Bhí faitíos ar Mhara.

'Cad atá cearr leat?' arsa Marina.

'Níl mé ach ag smaoineamh,' arsa Mara.

'Ag smaoineamh ar do sheoladh féin, an ea?'

'Bhuel, tá sé fada go leor, tá mé ag iarraidh é a ghiorrú duit.'

'Ná bac leis sin,' arsa Marina. 'Tá leathanach iomlán agam anseo, spás go leor agam. Lean ort.'

Bhí croí Mhara ag bualadh go tréan. Cad ba cheart di a dhéanamh?

Ansin, i ngan fhios di féin, thosaigh sí ag deachtú seoladh Dhorota!

'Mm,' arsa Marina. 'Fada ceart go leor. Ach tá sé

agam. Éist, tá duine éigin ag an doras. Caithfidh mé imeacht. Slán, slán!'

Agus an seans caillte ag Mara ceist a chur ar a seanmháthair faoina sin-seanmháthair.

14

Bean an phoist

An lá ina dhiaidh sin, casadh Mara ar a hiarchara, Tracy Ní Chathasaigh, sa chlós.

'Iarratas agam ort,' arsa Tracy.

'Cad é?' arsa Mara.

'Litir a thabhairt do dhuine.'

'Duine de mo theaghlach?'

'Ní hea.'

'Cén fáth a bhfuil tú á iarraidh ormsa, mar sin?'

'Toisc go bhfuil mé faoi ollchosc, a óinsín. Ní féidir liom dul thart ar an mbaile ar nós fear an phoist.'

'Ceart go leor, tuigim. Cé hé an duine a bhfuil an t-ádh leis?'

'Rónán Dempsey,' arsa Tracy os íseal.

'Deartháir Shorcha?' arsa Mara.

Bhí Rónán ag freastal ar scoil eile ar an mbaile. Scoil do bhuachaillí.

'Sea.'

'Cén fáth nach dtugann tú an litir do Shorcha, más ea?'

'Níor mhaith liom. Rún atá ann.'

'A-ha!' arsa Mara ag ligean uirthi gur ag gáire a bhí sí. Ach i ndáiríre bhí sí rud beag curtha amach. 'Tuigim. Litir ghrá, an ea?'

'Ní hea!'

Níor chreid Mara í, ar ndóigh.

'Cén fáth nach seolann tú r-phost chuige? Nó b'fhéidir nach bhfuil sé sin rómánsúil go leor duit?'

'Eh ... níl ... níl seoladh r-phoist aige.'

Déagóir gan seoladh r-phoist aige? Dochreidte!

'Cuir téacs chuige, más ea.'

'Níl fón póca aige faoi láthair. Thit an ceann a bhí aige isteach i gcupán caife.'

Mar dhea!

'Ó, tabhair dom an litir, más ea, agus déanfaidh mé mo dhícheall,' arsa Mara. 'Tá tusa i bhfiacha liomsa anois.'

'Níl mé ná é. Is leatsa an fiach.'

'Liomsa? Cad chuige?'

'Toisc nár lig mé orm gur fhág tusa an zú freisin an lá úd. Chonaic mé tú ar an tsráid. Ba cheart go mbeifeása faoi ollchosc chomh maith linne, ach ina áit sin níl focal ráite agam faoi.'

'Ó!' arsa Mara.

'Go raibh maith agat, Tracy?' arsa Tracy.

'Go raibh maith agat, Tracy,' arsa Mara, go drogallach, os íseal.

Thóg sí an litir ón gcailín eile, agus chuir sí isteach ina mála scoile é, gan aon fhocal eile a rá.

'Má fhaighim amach nár seachadadh an litir ... bhuel, is féidir leat smaoineamh faoin méid atá ar eolas agam,' arsa Tracy, agus í ag imeacht léi.

Chuaigh Mara abhaile, agus í ag iarraidh teacht ar bhealach chun an litir a thabhairt don bhuachaill, i ngan fhios don saol.

15

Sneachta

Bhí an spéir dorcha an tráthnóna sin, agus suaimhneas éigin san aer.

'Sneachta ag teacht,' arsa Daid, agus é ag ullmhú an dinnéir.

'Sneachta!' arsa na gasúir lena chéile.

'Ní fhaca mé sneachta riamh,' arsa Tim.

'Chonaic,' arsa Tom, 'agus tú óg.'

'Tá mé óg go fóill,' arsa Tim, 'agus ní fhaca.'

'Dinnéar réidh!' arsa Daid de bhéic, agus shuigh siad go léir chun an bhoird.

San oíche a tháinig an sneachta. Bhí Mara ina

seomra, á gléasadh féin don leaba, nuair a mhothaigh sí chomh suaimhneach agus a bhí an domhan. Tharraing sí siar an cuirtín, agus taobh amuigh den fhuinneog bhí an t-aer lán de chalóga móra ciúine agus iad ag titim go mall, leisciúil.

Níor tháinig an bus scoile ar maidin. Bhí an domhan faoi bhrat tiubh bán, agus leac oighir ar na bóithre go léir. Ní fhéadfadh carranna, seachas na cinn sin faoi thiomáint ceithre roth, aon iarracht a dhéanamh ar bhogadh. Bhí ar Mham fanacht sa chathair ar feadh roinnt laethanta.

Níor tháinig an choscairt go ceann seachtaine. Lá amháin, dhúisigh siad agus bhí uisce ag sileadh ón díon.

Tháinig fear an phoist le dornán litreacha. Bhí an bus scoile ag imeacht arís agus na scoileanna ar oscailt. Bhí Mam in ann teacht abhaile.

'Litir agam duit,' arsa Dorota le Mara ar scoil.

'Domsa?'

'*Yeah*. D'ainm air, ach mo sheoladhsa. Ait, nach ea?'

Rith sé le Mara cad a bhí ann. An t-oideas óna seanmháthair, gan amhras.

Sciob sí í agus srac ar oscailt í. Bhí an ceart aici. Fótachóip de leathanach as iris, agus litir lámhscríofa:

A Mhara dhílis

Seo chugat an t-oideas. Súil agam go mbainfidh tú taitneamh as.

Ba dheas bualadh leat, a stór, agus súil agam go mbeidh seans againn bheith i dteagmháil nuair a bheidh tú níos sine. Ach mura bhfuil do mháthair sásta, b'fhearr gan muid a bheith inár gcairde go fóill. An dtuigeann tú? Fan go mbeidh tú fásta, agus as baile, ar an ollscoil, b'fhéidir, agus cuir glao ansin ar do sheanmháthair dhílis

Marina Forrest Sullivan

Thit croí Mhara ar nós cloch ina bolg, agus líon a súile le deora.

'Cad atá cearr leat?' arsa Dorota. 'Éinne marbh?'

Dá hainneoin féin, baineadh gáire as Mara.

'Níl duine ar bith marbh, a Dhorota.'

'Buíochas mór le Dia,' arsa Dorota go bródúil. 'D'fhoghlaim mé é sin inné ag an Aifreann.'

'Ar fhoghlaim?' arsa Mara. D'fhill sí an litir agus chuir ar ais sa chlúdach í, agus isteach ina mála scoile. 'Maith thú, a Dhorota. Go hiontach ar fad.'

16

Timpiste tine

Bhí tine ar lasadh tráthnóna i dtigh Mhara, mar a bhí gach lá ó thosaigh an aimsir chrua.

Bhí Mam tar éis filleadh ón gcathair, ach bhí go leor oibre le déanamh aici. Bhí sí ina suí in aice na tine, leabhar ar a glúin aici, agus í ag léamh.

Tháinig Mara isteach agus d'oscail sí a mála scoile.

D'fhéach Mam anonn agus thug sí faoi deara go raibh clúdach litreach le feiceáil idir leathanaigh leabhair sa mhála ag Mara.

'Cad atá agat ansin?' ar sise. 'Litir ón scoil, an ea? An ndearna tú dearmad í a thaispeáint dom?'

Rug sí ar ar an gclúdach litreach, agus tharraing sí amach as an mála í.

Léim Mara in airde, eagla uirthi go bhfeicfeadh
Mam an litir. Dá bhfaigheadh sí amach go raibh
Mara tar éis bheith i dteagmháil leis an
seanmháthair 'uafásach'!

Tharraing Mara an litir as lámh Mhaime de sceilp
agus rop sí isteach sa tine í sula raibh seans ag Maria
í a shábháil.

'In ainm Dé!' arsa Mam. 'Cad atá ort? Ní raibh mé
chun do litrín a léamh gan chead.'

Níor thug Mara freagra. Bhí sí ag féachaint sa tine,
ar ainm Rónán Dempsey a bhí á alpadh ag na
lasracha dearga.

An litir a bhí caite sa tine aici ná an ceann a fuair sí
ó Tracy. Litir nach raibh seans aici í a thabhairt do
Rónán de dheasca an tsneachta.

Mo léan! arsa Mara léi féin. Má fhaigheann Tracy
amach nár thug mé an litir do Rónán, beidh raic
ann, cinnte!

Ní fhéadfadh sí tada a dhéanamh, áfach, ach gan rud ar bith a rá agus súil aici nach bhfaigheadh Tracy amach.

17

Sa Leabharlann

An lá ina dhiaidh sin, chuaigh Mara isteach sa leabharlann tar éis na scoile. Theastaigh uaithi rud éigin a chuardach ar an Idirlíon. Bhí Wi-Fi faighte acu sa bhaile le déanaí, ach bhí ort pasfhocal a bheith agat do *laptop* Mhaime, chun úsáid a bhaint as, agus b'fhearr le Mara gan a ligean uirthi go raibh sí ag lorg rud éigin.

Ní raibh a fhios aici féin go cruinn cén fáth, go díreach, a raibh sí ag cuardach a sin-seanmháthar, seachas tuairim a bheith aici go mb'fhéidir go mbeadh a fhios aicise cá raibh an bhábóigín ba lú. Seans fánach ar fad a bhí ann, ach bhí seans ann mar sin féin, agus bhí Mara éirithe iontach fiosrach, toisc nach raibh fonn ar éinne scéal an bhábóigín a insint di.

Cé a bhí i mbun deasc an leabharlannaí an lá úd, áfach, ach Rónán Dempsey, deartháir Shorcha, an duine ar leis an litir a bhí dóite (i ngan fhios) ag Mara an tráthnona roimhe sin!

Ní raibh barúil aici ar dtús go raibh sé ann. Chuaigh sí chun coinne a dhéanamh maidir le ríomhaire Idirlín, agus baineadh geit aisti nuair a thuig sí cé a bhí ann.

'Ó, a Rónáin,' ar sise, rud beag trína chéile, 'tú féin atá ann, an ea?'

'Sea,' ar seisean, agus é ag déanamh miongháire. 'Taithí oibre, tá a fhios agat.'

Aisteach nár thug sí faoi deara riamh cé chomh tarraingteach agus a bhí Rónán. Agus litir leis dóite aici féin! In ionad aghaidh thaitneamhach, dhóighiúil Rónáin Dempsey, ní fhaca Mara ach litir á halpadh ag an tine, an t-ainm Rónán Dempsey á chrapadh agus an páipéar ag lúbarnaíl go huafásach.

'Tá tú san Idirbhliain, mar sin, an bhfuil?' arsa Mara, ag iarraidh a bheith ag caint go nádúrtha.

Ach ba chosúil nach raibh Rónán ag súil le litir uaithi. Ar aon nós, ní dúirt sé ach, 'Go díreach. Agus cad atá uait, a Mhara? Leabhar a thógáil amach, an ea?'

'Ní hea,' arsa Mara. 'Dul ar an Idirlíon.'

D'fhéach Rónán sa leabhrán a bhí aige ar an deasc, féachaint an raibh ríomhaire ar fáil. 'Ar thaitin an sneachta leat?' ar seisean, ag déanamh mionchainte, faoi mar nach raibh rud ar bith cearr.

'Thaitin,' arsa Mara. Bhí a fhios aici gur cheart níos mó a rá, ach bhí sí chomh buartha sin faoin litir, agus ba ghearr nach raibh sí in ann labhairt ar chor ar bith.

'Tá an t-ádh leat,' arsa Rónán, ag ardú a shúl ón leabhrán.

'An bhfuil?' arsa Mara, ar crith. Cad ba bhrí leis sin?

'Tá ríomhaire ar fáil anois díreach, más mian leat é.

Uimhir a sé thall.'

'Ó, go hiontach,' arsa Mara. 'Go raibh míle.' Agus bhrostaigh sí léi i dtreo an ríomhaire.

Tar éis tamaillín, mhothaigh sí go raibh duine éigin ina sheasamh cóngarach di.

'Cad é?' ar sise, ag féachaint suas.

'Cabhair de dhíth ort?' arsa Rónán.

'Cabhair? Ó, ní dóigh liom ... '

Ach shuigh sé síos go deas cairdiúil lena taobh agus chuir ceist: 'Cad é atá uait?'

'Ó,' arsa Mara, 'bhuel. Áit atá á lorg agam. Níl a fhios agam an t-ainm i gceart, áfach. Rud éigin le Bloom ann.'

'Bloomington, an ea?' arsa Rónán. 'Indiana.'

'Dhera,' arsa Mara, 'níl a fhios agam. Tá mé tar éis na mílte siopaí bláthanna a fháil. Ní raibh a fhios agam go raibh oiread bláthanna ar domhan!'

'Bloomingdale?' arsa Rónán. 'Bain triail as.'

Ach ba siopa mór é sin, i Nua-Eabhrac.

'Ní dóigh liom gur i Meiriceá atá an áit seo,' arsa Mara. 'In Éirinn, b'fhéidir. Nó sa Bhreatain, is dócha.'

'Bloomsbury?' arsa Rónán.

'Sin é é!' arsa Mara de scairt. 'Tá sé agat.'

'Ciúnas!' arsa guth mná, agus las Mara san aghaidh.

'Tá sé agat,' a dúirt sí de chogar le Rónán. 'Sin é an t-ainm, ceart go leor. Cá bhfuil sé?'

'I Londain Shasana,' arsa Rónán go bog. 'Googláil é, agus gheobhaidh tú eolas faoi.'

'Conas a tharla go bhfuil eolas agatsa air?' arsa Mara. 'An raibh tú riamh i Londain?'

'Ní raibh, ach áit measartha cáiliúil é,' arsa Rónán. 'Virginia Woolf, tá a fhios agat. Ní fhaca tú an scannán sin, *The Hours*?'

Ní fhaca, agus ní raibh a fhios aici cad a bhí i gceist aige, fiú, ach níor admhaigh Mara an méid sin. Níor thug sí freagra ar bith air.

Fuair sí mórán eolais faoi Bloomsbury, Londain – léarscáil fiú, a phriondáil sí amach.

'Go raibh maith agat as ucht an chúnaimh,' arsa Mara le Rónán, agus í ag fágáil slán aige.

'Fáilte,' arsa Rónán. 'A Mhara, ar mhaith leat ... '

Ach ag an nóiméad sin tháinig an fíorleabharlannaí ar ais, agus bhí ar Rónán an deasc a fhágáil agus dul chun slacht a chur ar na seilfeanna.

'Slán,' a ghlaoigh Mara go bog ina threo, agus amach an doras léi, faoiseamh ag gluaiseacht tríthi. Ba léir nach raibh barúil aige faoi litir ar bith!

18

Réaltbhuíon í Dorota

Bhí sioc crua ann an oíche sin arís agus bhí na bóithre reoite ar maidin. Níor tháinig an bus scoile, agus bhí ar na buachaillí fanacht sa bhaile ón scoil. Ach d'éirigh le Mara an mheánscoil a bhaint amach. Agus le Dorota chomh mhaith. Ní raibh ach leath an ranga istigh, áfach, agus scaoileadh abhaile iad go luath tráthnóna.

Ag sleamhnú leo abhaile, d'inis Mara an scéal faoi Bloomsbury i Londain do Dhorota.

'Léarscáil agam, fiú, ach níl tuairim agam faoin seoladh.'

'Cén seoladh?'

'Seoladh mo shin-seanmháthar.'

'Ó, *prababcia*, sea,' arsa Dorota. 'Tá sí ina cónaí i

Londain?'

'Is dócha é,' arsa Mara. 'Luaigh mo sheanmháthair áit darbh ainm Bloomsbury, agus fuair mé amach go bhfuil an t-ainm sin ar cheantar i Londain.'

'Ach an tsráid, ní heol duit é.'

'Sin an fhadhb,' arsa Mara. 'Níl agam ach an ceantar. Ní leor sin.'

'Ach tá ainm do *phrababcia* agat, tá sé sin go maith ar aon nós,' arsa Dorota.

'Níl an t-ainm agam ach oiread,' arsa Mara.

'Ó, is dóigh liom go bhfuil.'

An cailín aisteach seo, cad a bhí i gceist aici?

'An ar strae sa cheann atá tú, Dorota?'

'Níl. Fuair tú litir ó do *bhabcia*, nach bhfuair?'

'Ó mo sheanmháthair. Fuair.'

'Agus cén t-ainm a bhí ann?'

'Marina,' arsa Mara.

'Marina, agus cad eile?'

'Marina Sullivan, is dócha,' arsa Mara.

'Féach ar an litir arís,' arsa Dorota. 'Tá mé cinnte go raibh ainm eile ann.'

'Tar abhaile liom mar sin,' arsa Mara, 'agus féachfaimid.'

Nuair a bhí an baile bainte amach ag na cailíní, chuaigh Mara caol díreach go dtí a seomra féin agus tharraing sí an litir amach. Litir amháin gan a bheith dóite aici ar aon nós, buíochas mór le Dia!

'Bhuel! Tá an ceart agat, a Dhorota,' ar sise ag teacht ar ais leis an litir. 'Marina Forrest Sullivan atá scríofa aici anseo. Cad is brí leis sin, meas tú?'

'Sullivan a hainm pósta,' arsa Dorota, go socair. 'Agus Forrest roimhe sin, nach ea?'

'Mm,' arsa Mara. 'Tharlódh sé – Forrest a hainm réamhphósta.'

'Agus ainm *prababcia* freisin go cinnte?' arsa Dorota. 'Nach ea?'

'A Dhorota!' a ghlaoigh Mara os ard. 'Ní réalta tú ar chor ar bith. Is réaltbhuíon iomlán tú! Tá an ceart agat go deimhin!'

Bhí loinnir in aghaidh Dhorota, ach ní dúirt sí tada.

19

Plean ag Dorota

Cúpla lá ina dhiaidh sin, tháinig Dorota ar scoil agus sceitimíní uirthi.

'Tá mo lá breithe ag teacht,' ar sise le Mara.

'Comhghairdeas,' arsa Mara, gan mórán suime a chur ann. 'Cén lá?'

'Dé hAoine. Ach, éist, tá mé ag dul go Londain le mo mháthair ag an deireadh seachtaine, mar bhronntanas.'

'Úúú,' arsa Mara. 'Londain! An t-ádh ort, a chailín!'

'Ní féidir le m'athair teacht, tá *meeting* tábhachtach aige, rud éigin mar sin.'

'Mm,' arsa Mara. 'Cruinniú an focal ar *meeting.*'

'Ó-cé,' arsa Dorota, 'tá cruinniú aige, ach ... tá seomra trí daoine againn.'

'Triúr,' arsa Mara. 'Is maith sin, mórán spáis agaibh. Seomra do thriúr agas gan ach beirt ann.'

'Ach, *you idiot*,' arsa Dorota, 'ní thuigeann tú? Is féidir leatsa teacht, leaba ar fáil, saor in aisce. Agus ticéad againn duit chomh maith, tá na céadta *airmiles* bailithe ag m'athair.'

'Ó!' arsa Mara. 'Londain! Le haghaidh deireadh seachtaine! *Cool!*'

'Seans againn dul go Bloomsbury, más mian leat,' arsa Dorota.

'Dhera, ná bac leis sin,' arsa Mara. 'Is féidir linn dul ar an London Eye, agus an Tower a fheiceáil. Go hiontach. Ó, go raibh maith agat, a Dhorota.'

20

Plean Dhorota ag oibriú

'Bhí mé ag smaoineamh,' arsa Dorota, agus na cailíní ina suí ar bhinse páirce i lár Londan roinnt lá ina dhiaidh sin. Bhí léarscáil Londan leata amach ar a glúine ag Dorota, agus í ag déanamh grinnstaidéir air.

'An raibh?' arsa Mara. 'Ag smaoineamh? Agus cad iad na smaointe a bhí agat, a thaisce?'

'Táimid an-chóngarach do Bhloomsbury anseo.'

Bhris Mara amach ag gáire. 'Ar mire atá tú, a Dhorota! Ní féidir leat seanbhean gan aithne a aimsiú gan seoladh, gan fiú amháin barúil agat faoi sheoladh, agus seans ann chomh maith nach bhfuil an sloinne atá agat i gceart ach oiread.'

'Ó, tá sé i gceart,' arsa Dorota go réidh.

'B'fhéidir go bhfuil eolaí fóin Londan agat, an bhfuil?' arsa Mara, ag gáire go fóill, 'istigh i do mháilín droma, cuir i gcás.'

'Níl,' arsa Dorota. 'Ach d'fhéach mé ar an eolaí fóin *online* inné. Ní bhfuair mé aon M. Forrest in Bloomsbury.'

'Bhuel, sin deireadh leis an smaoineamh breá úd mar sin,' arsa Mara.

'Ach tá smaoineamh eile agam,' arsa Dorota. 'Cén aois do *phrababcia*?'

'Mo shin-seanmháthair? Níl barúil agam,' arsa Mara. 'Ochtó, is dócha. Nó nócha, b'fhéidir.'

'Go díreach,' arsa Dorota. 'Agus seandaoine, ní bhíonn siad ina gcónaí leo féin, an mbíonn?'

'Ach, bíonn,' arsa Mara. 'Tá mo sheanmháthair féin ina cónaí ina haonar.'

'Ach bíonn seandaoine ina gcónaí go minic i *nursing-homes*, nach mbíonn?'

'Bhuel, bíonn, go minic. Tithe altranais, an focal ceart.'

'Tá liosta déanta agam,' arsa Dorota, agus thóg sí leathanach as a máilín droma.

'A Dhorota!' arsa Mara. 'Cén sórt liosta?'

'Liosta *nursing-homes* – tithe ... pé rud a dúirt tú – in Bloomsbury, ar ndóigh,' arsa Dorota.

'A Thiarna Dia Uilechumhachtach!'

'Nach bhfuil fonn ort triail a bhaint as?' arsa Dorota, agus cuma dhíomách uirthi.

'Bhuel,' arsa Mara, 'bhuel, is dócha ... cá mhéad tithe altranais ar an liosta seo agat?'

'Go leor,' arsa Dorota, agus í ag comhaireamh.

'Thart faoi fiche.'

'Fiche! Agus cá mhéad ama atá againn go dtí go mbeidh orainn bualadh le do mham?'

'Dhá uair an chloig ar a laghad,' arsa Dorota. 'Trí, b'fhéidir.'

D'fhéach Mara ar a huaireadóir. 'Tá uair go leith againn, a Dhoróitín, a thaisce. Ní féidir linn cuairt a thabhairt ar fiche teach altranais taobh istigh den achar ama sin.'

'Is féidir linn tús a chur leis,' arsa Dorota go daingean.

'Tá tú ar mire gan amhras,' arsa Mara, agus í ag gáire. 'Níor chuala mé riamh a leithéid de raiméis.'

'Ach, a Mhara,' arsa Dorota, 'níl ach seans amháin againn – agus is mór an eachtra atá ann, nach ea?'

'Is dócha,' arsa Mara.

'Féach,' arsa Dorota, agus shín sí an léarscáil i dtreo Mhara. 'Tá na *nursing-homes* go léir marcáilte agam.'

'Bhuel, nach iontach an bleachtaire tú,' arsa Mara.

'Ach ar dtús, tá orainn trilseáin a chur inár gcuid gruaige,' arsa Dorota.

'Trilseáin!' arsa Mara. 'Cá bhfuair tú a leithéid d'fhocal?'

'Is féidir liom léamh,' arsa Dorota. 'Agus tá foclóir agam, tá a fhios agat.'

'Ach cén fáth trilseáin?' arsa Mara.

'Taitníonn cailíní agus trilseáin orthu le daoine fásta,' arsa Dorota. 'Saghas bréigriochta, tá a fhios agat.'

'Bréigriocht!' arsa Mara. 'Tá an foclóir sin ite agat, an bhfuil?'

'Tá,' arsa Dorota, agus í ag miongháire go sásta.

21
Faighte!

'*No,*' arsa teach altranais a haon.

'*Never 'eard of 'er,*' arsa teach altranais a dó.

'*Scram,*' arsa teach altranais a trí.

'*You look such nice girls,*' arsa teach altranais a ceathair. '*Lovely plaits.*'

'*Sorry,*' arsa tithe altranais a cúig, a sé, a seacht, a hocht, a naoi.

Bhí siad os comhair dhoras theach altranais uimhir a deich anois, agus gan ach leathuair fágtha acu. Doras galánta úr-phéinteáilte a bhí ann, agus cnagaire álainn práis ag glioscarnach air.

Faoin am seo, bhí siad measartha cleachtaithe.

Bhuail Dorota go tapa, beoga ar an doras. Osclaíodh go mall é agus nochtadh aghaidh ghéar mná.

'*Yes?*' arsa an aghaidh.

'*Good afternoon,*' arsa Dorota agus Mara d'aonghuth.

'Táimid...' arsa Mara, '*I mean, we've come to see Mrs Forrest, please.*'

Ní dúirt an aghaidh, '*Scram.*'

Ní dúirt an aghaidh, '*No.*'

Ní dúirt an aghaidh, '*Sorry.*'

'*Come in,*' arsa an aghaidh, agus osclaíodh an doras galánta go raibh sé ar leathadh.

D'fhéach Mara ar Dhorota. D'fhéach Dorota ar Mhara. Aimsithe? B'fhéidir é!

'*And where are you from?*' a d'fhiafraigh bean an chuntanóis ghéir.

'*Poland,*' arsa Dorota.

'*Ireland,*' arsa Mara.

'*Excuse me?*' arsa an bhean.

'*Ireland,*' arsa Mara arís.

'*Ireland? I didn't know Mrs Forrest had relatives in Ireland.*'

'*Great-grand-daughter,*' arsa Mara. '*And friend.*'

'*Sign in please,*' arsa an bhean, agus shín sí leabhar agus peann i dtreo Mhara. '*Name and address, if you please. One name will suffice.*'

Scríobh Mara go tapa sa leabhar, agus ansin lean sí an bhean agus Dorota suas an staighre.

Bhí siad os comhair dorais eile anois. Doras seomra an uair seo, ach lán chomh galánta leis an doras amuigh, péint úr air ach gan aon chnagaire, ar ndóigh. Ina ionad sin, bhí cárta slachtmhar greamaithe i lár an dorais, agus an t-ainm Mariana Forrest scríofa go deas líofa air.

Thug Dorota sonc do Mhara. Thug Mara sonc do Dhorota.

'Mariana,' arsa Dorota os íseal. 'Mara, Maria, Marina, Mariana! Tá sí againn go deimhin.'

'Mm,' arsa Mara.

D'oscail an bhean an doras, agus ghlaoigh amach go croíúil, *'Visitors for you, Mrs Forrest. Your grand-daughters, I believe.'* D'fhéach sí ar na cailíní arís. *'Are you twins, or what?'*

'Yes,' arsa Mara, gan smaoineamh.

'No,' arsa Dorota.

'*Twin grand-daughters!*' arsa an bhean an doras isteach. '*Isn't that nice?*'

'*No,*' arsa Dorota arís.

'*Oh, I think it's lovely,*' arsa an bhean. '*Go on in, she can't see you from here. Don't tire her out, mind. Ten minutes max, all right?*'

Agus d'imigh sí léi, clic-clac, síos an halla.

Chuaigh Mara agus Dorota isteach sa seomra.

Bhí seanbhean bheag bhídeach chríonna ina suí i gcathaoir uilleann, cuma spideoigín uirthi.

'Dia dhuit,' arsa Mara. 'Is mise Mara Clancy, iníon Mharia Sullivan, gariníon Mharina Forrest.'

D'fhéach an tseanbhean uirthi, agus dúirt: 'Marina. Tá tú i bhfad ró-óg le pósadh.'

Baineadh geit as Mara. Ní raibh a fhios aici cad é a

raibh sí ag súil leis, ach ní le habairt mar sin ar aon nós.

'Níl mé ag dul éinne a phósadh,' ar sise faoi dheireadh.

'Go maith. Is amadán ceart é an Brendan Sullivan sin a bhfuil an oiread sin dúil agat ann.'

'An ea?' arsa Mara.

'Ó sea, *turnip-head* ceart é.'

Turnip-head. An masla céanna a bhí ag Marina ar a daid féin!

'Ní phósfaidh mé ar chor ar bith é, mar sin,' arsa Mara.

'Maith an cailín.'

'Cuir ceist uirthi faoin mbábóigín,' arsa Dorota de chogar.

'Fuair mé na bábóga maitríóisce,' arsa Mara lena sin-seanmháthair.

'Mar is ceart,' arsa an tseanbhean go sásta.

'Ach tá ceann acu ar strae,' arsa Mara os íseal. 'An ceann is lú.'

'An ceann is lú? Sin an ceann is tábhachtaí!' arsa an tseanbhean. 'Chaill tú í? Ochón!'

An ceann is tábhachtaí, an ea?

'Níor chaill,' arsa Mara. 'Ní raibh sí ann ó thús.'

'Goidte!' arsa an tseanbhean. 'An bhábóg is lú. Faraor géar! Ainneoin an tsaoil. 'Bhfuil barúil agat cé a ghoid í?'

'Barúil ar bith.'

'Bhuel, is olc an scéal é, an t-aon rud luachmhar sa teach, agus é ar strae. Mo léan!'

'Gheobhaidh mé ar ais í,' arsa Mara. 'Fan go bhfeicfidh tú.'

'Nach cliste an cailín tú! Mar a dúirt mé an chéad lá. Agus an bhfuair tú an ... ?'

Stad sí, cuma chaillte uirthi.

'Cad é?' arsa Mara.

'An ... bhí rud éigin eile ann. An ... '

Dhruid an tseanbhean na súile.

Osclaíodh an doras go tobann, agus isteach le bean an chuntanóis ghéir arís.

'I told you not to tire her!' ar sise, ar buile. *'Out you go, now! Shoo, shoo!'*

'Sorry,' arsa Mara. *'But there's something that she wants me to have.'*

'What kind of something?' arsa an bhean, agus í ag tiomáint na gcailíní i dtreo an staighre.

'I dunno,' arsa Mara.

'Well then,' arsa an bhean.

'Slán!' arsa Dorota go hard i dtreo seomra na sin-seanmháthar.

Tháinig guth lag ón seomra. 'Leabhar,' arsa an guth.

'Is there some book?' arsa Mara le bean an chuntanóis ghéir, agus iad thíos sa halla arís.

'A book?' arsa an bhanaltra. *'What sort of book?'*

Chroith Mara na guaillí. *'I couldn't really say,'* ar sise.

'Well, goodbye, girls,' arsa an bhean. *'So lovely to meet you. Do call again.'*

'Slán agat,' arsa Dorota.

'Polish, did you say?' arsa an bhean.

'Goodbye,' arsa Mara, agus amach an doras leo, an bheirt acu ag ligean orthu nach raibh siad ag gáire.

22

Tracy Casey

An chéad duine ar bhuail Mara léi ar scoil nuair a d'fhill siad ó Shasana ná Tracy Ní Chathasaigh.

'Ní fhaca mé le fada tú,' arsa Tracy, faoi mar a bheadh Mara á seachaint, rud nach raibh ach leathfhíor.

'Bhí mé thall i Londain,' arsa Mara, go breá réidh, mar dhea. I ndáiríre bhí sí trína chéile ar fad. Conas a bheadh sí in ann a admháil go raibh litir Tracy dóite aici – de thimpiste, ar ndóigh, ach dóite mar sin féin. Ó, a Thiarcais!

Ba léir do Mhara, áfach, go raibh sí tar éis dul i bhfeidhm ar Tracy, agus Londain a bheith luaite aici.

'Londain, an ea? Tusa? Nach dtéann níos faide ná Bun Dobhráin ar do chuid laethanta saoire?'

Ní dúirt Mara faic.

'Bhuel,' arsa Tracy, 'chuala mé go raibh tú sa leabharlann le déanaí, agus gur bhuail tú le duine áirithe.'

'Agus más fíor go raibh agus gur bhuail?' arsa Mara go neamhchúiseach, ach bhí a croí istigh ag bualadh go tréan, agus os a comhair amach, ní fhaca sí ach clúdach litreach, é ag éirí donn agus ag lúbadh sna lasracha, an t-ainm Rónán Dempsey á alpadh ag an tine.

Ach níl an méid sin ar eolas ag Tracy, ar sise léi féin. Ní gá ach fanacht i mo thost.

Bhí an ceart aici. Bhí Tracy lánchinnte go raibh Mara tar éis an litir a thabhairt do Rónán, mar a bhí geallta aici. Níor rith sé léi in aon chor nach raibh an gníomh curtha i gcrích ag Mara.

'Agus cad a dúirt sé?' arsa Tracy go mífhoighneach.

'An duine áirithe seo, an ea?' arsa Mara.

'Cinnte,' arsa Tracy. 'Nár thug sé freagra ort?'

'Freagra?' arsa Mara. 'Ach níor chuir mé aon cheist air.'

'Freagra domsa!' arsa Tracy. 'Freagra ar an litir.'

'Ó!' arsa Mara. 'Níor thug.' Bhí sí lánsásta nár ghá di bréaga a insint. 'Freagra ar bith.'

'Ní dúirt sé fiú amháin, "Go raibh maith agat?"'

Chuimhnigh Mara siar ar an lá úd sa leabharlann. Níor chuimhin léi aon 'Go raibh maith agat,' a bheith cloiste aici.

Chroith sí a ceann.

'Nach raibh a fhios aige gur uaimse an litir?' arsa Tracy.

Ní dúirt Mara rud ar bith.

'Ar oscail sé in aon chor í?' arsa Tracy.

'Ó, sin é é,' arsa Mara, áthas an domhain uirthi a bheith in ann an fhírinne a insint arís. 'Níor oscail sé an litir ar chor ar bith.'

Ní dúirt sí os ard, 'toisc í a bheith dóite agamsa an oíche roimh ré'.

'Ceart go leor,' arsa Tracy. 'Slán agat, mar sin.'

'Slán leat,' arsa Mara le cúl chloigeann Tracy, a bhí ag imeacht léi faoin am seo.

23
Cuairteoir ón gcathair

'Bhí cuairteoir againn inné,' arsa Dorota, cúpla lá ina dhiaidh sin. 'As Baile Átha Cliath.'

'An raibh?' arsa Mara.

'Bhí,' arsa Dorota. 'Bean a bhí inti.'

'Ó-cé?' arsa Mara.

'Bean Uí Shúilleabháin ab ainm di.'

'Ó!' arsa Mara.

'*Yeah,*' arsa Dorota. 'An ceart agat. Babcia a bhí ann. Marina. Do sheanmháthair.'

'Ó!' arsa Mara arís.

Cad é a bhí ar siúl anois in ainm Dé? A seanmháthair ag tabhairt cuairte ar mhuintir Dhorota!

'Mara!' arsa Dorota. 'Tá rud éigin ag cur isteach orm, rud éigin nach dtuigim. Ar dtús tháinig litir duitse go dtí mo theachsa, cúpla seachtain ó shin, agus anois tá do *bhabcia* féin tar éis teacht! Cén fáth ar thug tú an seoladh mícheart di?'

'Ó,' arsa Mara arís. 'Gabh mo leithscéal. Tá brón orm.'

'*Yeah*, ach cad chuige?' arsa Dorota. 'Cén fáth a ndearna tú rud chomh hait leis sin?'

Ní raibh a fhios ag Mara féin go díreach cén fáth.

'Bhuel ...' ar sise, agus í ag smaoineamh go tapa. 'Bhí saghas... bhí faitíos orm, is dócha, go dtiocfadh sí do mo lorg, agus ansin bheadh fearg ar mo mháthair. Agus nach raibh an ceart agam? Tá sí tar éis teacht, díreach an rud a chuir faitíos orm.'

'Bhuel, buíochas le Dia, thaitin sí go mór le m'athair. Bhí seisean sa bhaile nuair a tháinig sí, agus thóg sé amach buidéal *vodka*, agus bhí an-tráthnóna ag an mbeirt acu. Bhí ar do sheanmháthair fanacht go maidin, toisc gan í a bheith in ann tiomáint!'

'Tá brón orm,' arsa Mara arís, ach bhí sí ag gáire ag an am céanna. Marina agus athair Dhorota ag ól *vodka* le chéile!

'Ar thug tú an seoladh ceart di?' arsa Mara ansin, agus imní uirthi.

'Níor thug,' arsa Dorota. 'Níor lig mé orm go raibh aithne agam ort ar chor ar bith.'

'Go raibh maith agat,' arsa Mara. 'Is fearr mar sin é.'

24
Beart do Mhara

Tháinig paicéad sa phost do Mhara lá. Ní raibh
duine ar bith sa teach ach í féin nuair a tháinig fear
an phoist ar maidin. Bhí na *hordes* imithe chun an
bus scoile a fháil, agus Daid leo. Bhí Mam sa
chathair mhór, mar ba ghnáth.

Bhí stampaí ó Shasana ar an bpaicéad.

Shrac Mara an páipéar den bheart. Leabhar nótaí
de shaghas éigin a bhí ann, agus clúdach crua air.
Seanleabhar.

Mhéaraigh Mara tríd an leabhar. Bhí na leathanaigh
go léir lán de pheannaireacht aisteach.

D'aimsigh sí litir greamaithe idir an clúdach agus an
chéad leathanach.

Friday

Dear Miss Clancy

I am very sorry to inform you that your grandmother,
Mrs Mariana Forrest, passed away on Monday last. I
know she was delighted to see you and your twin sister
recently. I am sure the excitement brought on by your
visit had nothing to do with her heart attack.

The funeral has arleady taken place. (We have an
arrangement with the crematorium.) Mrs Forrest's
daughter, Mrs Sullivan, took away all her mother's
personal effects – except this book. I remembered at the
last moment that you had mentioned a book, and I thought
perhaps this was it, so I kept it for you. It seems to be
a diary, so perhaps it is something of an heirloom.

Please accept my sincere sympathy, and pass on my kind

regards to your sister – such a polite girl (though she did seem to think she had a Polish connection, possibly a little fantasy of hers, I am sure she will grow out of it).

Yours sincerely

A. Watson

Sister in charge

Bhí Mara idir gol agus gáire agus an litir seo á léamh aici. An bhean amaideach, gan ach leath an scéil aici: *'your grandmother'* (sin-seanhmáthair ab ea í i ndáiríre), *'your sister'* (Dorota a bhí i gceist aici!), agus an rud ba ghreannmhaire ar fad, *'fantasy'* beag a bheith ag Dorota, gur Polannach í, rud a bhfásfadh sí as! Agus bás faighte ag an tseanbhean dheas – ba bhrónach sin ar ndóigh, ba chuma í a bheith go haosta ar fad.

'Cá bhfuair siadsan do sheoladh?' a d'fhiafraigh Dorota nuair a thaispeáin Mara an litir di.

'Sa leabhar cuairteoirí is dócha,' arsa Mara.

'Thug tú an seoladh ceart an uair sin, ar aon nós,' arsa Dorota.

'Thug,' arsa Mara.

'Ach, is trua liom cloisint faoi do shin-seanmháthair. Ba dheas í mar sheanbhean, *Prababcia*.'

'Ba dheas,' arsa Mara. 'Is trua é, ceart go leor. Ach nach raibh an t-ádh liom gur tháinig mé uirthi in am? Buíochas duitse, a Dhorota, a chara.'

'Sin é an fáth ar tháinig *Babcia*, is dócha.'

'Cad é?' arsa Mara. 'Cén fáth?'

'*Prababcia* a bheith bás.'

'Marbh,' arsa Mara.

'Sea, marbh. Theastaigh uaithi é a rá le do mháthair,

is dócha. In ionad litir a scríobh. Ach anois, níl a fhios aici cá bhfuil cónaí oraibh. Ba cheart duit glao gutháin a chur uirthi.'

'D'iarr sí orm gan ... '

'*Yeah*, *but*, féach,' arsa Dorota. 'Tá gach rud athraithe anois. Bunoscionn, an tseanbhean a bheith bás.'

'Marbh,' arsa Mara arís.

'Marbh, *then*,' arsa Dorota go mífhoighneach. 'Bás faighte aici. Ba cheart duit ... '

'Ach, Dorota, lig dom. Níl a fhios agam cad é is ceart.'

'Ba cheart ... '

'A Dhorota!'

'Ach ... '

'Déanfaidh mé machnamh faoi, ó-cé? An leor sin duit?'

'Is leor,' arsa Dorota. 'Taispeáin dom an leabhar ar aon nós, an leabhar a fuair tú leis an litir sin sa phost. Dialann atá ann, dar leis an Iníon Watson seo, an bhean a scríobh an litir. An bhfuil sé agat sa mhála scoile?'

Shín Mara an leabhar chuig Dorota. 'Tá sé scríofa i gcód éigin. Féach na litreacha aite.'

'Cé a scríobh é?' arsa Dorota, agus í ag féachaint air. '*Prababcia*, an ea? Mrs Forrest?'

'Is dócha,' arsa Mara. 'Mariana.'

'Ach is Sasanach í Mariana, nach ea?' arsa Dorota. 'Nárbh ea, *I mean*.'

'Mm,' arsa Mara. 'Is dócha, ach bhí Gaeilge aici chomh maith, nach raibh?'

'Ait ar fad,' arsa Dorota.

'Cad é?' arsa Mara.

'Úúú,' arsa Dorota, agus í ag tabhairt an leabhair ar ais do Mara, 'tá an dialann seo scríofa i Rúisis.'

'I Rúisis!' arsa Mara agus ionadh mór uirthi. 'An féidir leatsa í a léamh?'

'Ní féidir,' arsa Dorota, 'ach aithním an teanga mar sin féin. Na litreacha aite sin, is litreacha Rúiseacha iad.'

'Ait ar fad,' arsa Mara. 'Ach – fan nóiméad! B'fhéidir go bhfuil baint éigin ag an dialann seo leis na bábóga – is as an Rúis a thagann siadsan, nach ea?'

'Sea,' arsa Dorota. 'Is fíor duit.'

'Trua nach féidir linn í a léamh. Cá mhéad ama a bheadh de dhíth orm chun an Rúisis a fhoghlaim, meas tú?'

'Na blianta,' arsa Dorota.

'Mo léan!' arsa Mara. 'Agus chomh luath agus a bheadh an teanga foghlamtha agam, bheadh an dialann dearmadta agam, is dócha! Trua nach bhfuil aithne againn ar éinne ... '

'Tá-á,' arsa Dorota go mall. 'Tá aithne againn ar dhuine éigin.'

D'fhéach Mara uirthi go fiosrach.

'Is féidir le m'athairse an Rúisis a léamh,' arsa Dorota. 'D'fhoghlaim sé ar scoil í.'

'Dorota!'

'Is féidir liom iarraidh air ...'

'Togha cailín!' arsa Mara, agus áthas uirthí. 'Ó, go hiontach ar fad! Go raibh míle maith agat, a Dhorota.'

25

An litir úd a dódh

Bhuail Mara le Rónán Dempsey ar an tsráid tráthnóna nó dhó ina dhiaidh sin.

'Hé, a Mhara,' arsa Rónán, 'fillte ó Londain, an bhfuil? Ar thug tú cuairt ar Bhloomsbury sa deireadh? An raibh sé deas?'

'Sea, sea, sea,' arsa Mara. 'Fillte, thug, bhí.'

'Go hiontach,' arsa Rónán go meanmach. 'Ach, a Mhara, an eol duit ... ? *I mean*, ceist agam ort: ar ... ar thug éinne ... airgead duitse le tabhairt domsa? Is é sin le rá gur inis duine éigin dom gur ... '

'Airgead?' arsa Mara. 'Duitse ... domsa? Níor thu... ó! Ó, a Thiarcais! Is cuimhin ... a Rónáin ó! Tá brón orm.'

Rith sé léi go tobann: ní litir a bhí istigh sa chlúdach

damanta dóite sin ó Tracy ar chor ar bith, ach airgead. Nótaí. Agus ise den bharúil gur litir ghrá a bhí ann!

Dá hainneoin féin, thosaigh Mara ag gáire os íseal.

'Cad é?' arsa Rónán. 'Cad atá cearr? Ar chaith tú é, an ea?'

'Níor chaith,' arsa Mara, ag iarraidh gan a bheith chomh hamaideach. 'Cé mhéad a bhí ann? Cé mhéad atá ag dul duit uaim?'

'Tada,' arsa Rónán. 'Níl aon rud ag dul dom. Níl ort ach an tsuim a fuair tú ó Tracy a thabhairt domsa, agus mura bhfuil sé caite agat, níl fadhb ar bith ann – an bhfuil?'

'*Yeah*, ach cé mhéad?' arsa Mara arís.

'Níl a fhios agat?' arsa Rónán. 'Ach nár thug Tracy an t-airgead duit?'

'Thug,' arsa Mara, 'ach istigh i gclúdach a bhí sé.'

'Más ea, tabhair dom an clúdach agus sin deireadh leis.'

'Ach, a Rónáin,' arsa Mara, 'níl sé chomh simplí sin. Inis dom cé mhéad a bhí ann! As ucht Dé.'

'Fiche euro,' arsa Rónán go drogallach. 'Ach ní thuigim ...'

Bhí faoiseamh ar Mhara nach raibh an tsuim níos airde ná fiche euro. Bhí an méid sin aici, buíochas mór le Dia.

'Tá mé tar éis an clúdach a dhó,' ar sise go mall. 'Sa tine, tá's agat.'

'Rinne tú é a dhó! Sa tine! Cad chuige?'

'De thimpiste, ar ndóigh,' arsa Mara. 'Ní dóigh leat gur d'aon ghnó a rinne mé a leithéid!'

'Ach, bhuel, is cuma faoi mar sin,' arsa Rónán. 'Más dóite atá sé, tá sé imithe. Sin sin.'

'Ní hea,' arsa Mara. 'Mise a rinne an rud amaideach. Caithfidh mé an t-airgead a íoc ar ais leat.'

'Lig leis,' arsa Rónán. 'Níl tábhacht ar bith ag baint leis. Déan dearmad air.'

'Ní féidir liom,' arsa Mara. Tharraing sí nóta cúig euro as a póca. 'Seo duit cúig. Beidh an cúig déag eile agam duit amárach.'

Bheadh uirthi cuid den airgead a fuair sí dá lá breithe a thabhairt dó. Deireadh leis an iPod go deimhin, mar sin.

Chroith Rónán a cheann, agus chuir sé a lámha isteach ina phócaí, sa dóigh nach mbeadh Mara in ann an t-airgead a thabhairt dó.

'Tóg é!' arsa Mara, agus í ar tí briseadh amach ag caoineadh.

'Ó-cé,' arsa Rónán faoi dheireadh, agus an nóta á thógáil aige. 'Tig leat leath an airgid a aisíoc más mian leat. Is féidir linn an caillteanas a roinnt eadrainn. Ceart go leor?'

Bhí sé ródheas ar fad. Agus é dóighiúil leis.

'Ceart go leor,' arsa Mara, ag ligean uirthi go raibh sí chun aontú leis. 'Feicfidh mé amárach tú, agus tabharfaidh mé cúig breise duit.'

'Ceart go leor,' arsa Rónán. 'Buailfidh mé leat anseo, más ea. Ag an am céanna. Dáta againn, mar sin?'

'Bhuel,' arsa Mara, ag deargadh san aghaidh. 'Ní "dáta" go díreach.'

'Ceart go leor,' arsa Rónán. Bhí aoibh an gháire aige go hálainn. 'Go dtí amárach, mar sin. Slán.'

26
Comhad do Mhara

'Tá cuid den dialann léite ag m'athair,' arsa Dorota an lá ina dhiaidh sin tar éis na scoile. 'Tá sé tar éis leathanach nó dhó a aistriú duit.'

Shín Dorota comhad chuig Mara. D'oscail Mara é. Bhí roinnt leathanach istigh ann, scríofa i mBéarla.

'Ó, go raibh míle,' arsa Mara. 'An bhfuil an méid seo léite agatsa go fóill?'

'Níl, ar ndóigh,' arsa Dorota. 'Is leatsa é.'

'Meas tú, arbh í Mariana a scríobh é?' arsa Mara.

'Níl a fhios agam,' arsa Dorota. 'Beidh ort é a léamh, agus b'fhéidir go mbeidh a fhios agat ansin.'

'B'fhéidir,' arsa Mara. 'Go raibh maith agat. Ach tá

orm rith. Tá ... saghas ... bhuel, tá mé chun bualadh
le ... le duine éigin.'

'Cén duine?'

'Ó, ní dóigh liom ... níl a fhios ... ní dóigh liom go
bhfuil aithne agat air ar chor ar bith,' arsa Mara
agus deifir uirthi.

'Hm,' arsa Dorota go hamhrasach. 'Bain triail asam.
Inis dom cé hé.'

'Féach an t-am!' arsa Mara de scairt. 'Tá mé
beagnach mall.'

'Níl tú mall,' arsa Dorota. 'Tá tú go tapa.'

'Déanach,' arsa Mara, 'a bheith déanach atá i gceist
agam. Ó, slán, slán. Agus go raibh maith agat arís.
Amárach ... Slán.'

Agus as go brách léi.

27

Sa teach tábhairne

Bhí an cúig euro déag fillte i gclúdach litreach ag Mara, agus an clúdach greamaithe dúnta.

Ach d'oscail Rónán de stróic é, chomh luath agus a thug sí dó é, agus fuair sé amach láithreach go raibh an t-airgead go léir ann.

Shín sé deich euro ar ais chuig Mara.

'Bhí sé beartaithe againn an caillteanas a roinnt,' ar seisean. 'Deich agatsa, deich agamsa, deireadh an scéil.'

Chroith Mara a ceann. 'Tá sé ag dul duit uaim,' ar sise. 'Is mise a dhóigh an t-airgead. Do chuidse airgid.'

Chuir sí na lámha laistiar dá droim.

Bhí aiféala ar Rónán, ach ní raibh an dara rogha aige.

'Ó-cé,' ar seisean go drogallach. *'Tell you what,* ceannóidh mé caife duit, agus císte, pé rud is mian leat. Murar féidir linn an caillteanas a roinnt, is féidir liom caife a cheannach dúinn beirt ar a laghad.'

Ní raibh Mara in ann é a dhiúltú, agus na súile móra donna sin aige!

'Ceart go leor,' ar sise, agus d'iompaigh siad beirt i dtreo Caffeteria Roma.

Ach bhí cárta greamaithe ar dhoras an chaifé: *Chiuso.*

'Cad is brí leis sin?' arsa Mara.

'Dúnta,' arsa Rónán. '"Ar ais i gceann seachtaine. *Ci dispiace:* Brón orainn.'"

'Trua,' arsa Mara, agus í ag iompú i dtreo an bhaile, agus ba thrua léi é i ndáiríre. Thaitin an buachaill seo léi. 'Go raibh maith agat mar sin féin, a Rónáin. Uair éigin eile, b'fhéidir.'

'Fan!' arsa Rónán, agus rug sé greim uirthi faoi chaol na láimhe.

D'fhéach Mara síos ar na méara ar a lámh, agus a croí ag damhsa ina cliabhrach.

'Bíonn caife acu sa teach tábhairne,' arsa Rónán.

'Ní théimse isteach i dtithe tábhairne,' arsa Mara. 'Tá mé ró-óg. Ní ligeann mo thuismitheoirí ...'

'Ach, a Mhara, níl mé chun alcól a cheannach duit. I lár an tráthnóna! Bíonn *cappucino* acu fiú san áit seo atá ar intinn agam, soineanta ar fad. Agus *biscotti*. An bhfuil eolas agat ar *bhiscotti*? Fíorbhlasta ar fad. Blas seacláide ar fáil, agus cinn le halmóinní iontu fosta, sin iad na cinn is fearr liomsa.'

Chroith Mara na guaillí.

'Ó-cé,' ar sise. 'Toisc go bhfuil an caifé dúnta. An uair seo amháin.'

Chuaigh siad isteach sa teach tábhairne, agus bhí sé deas geal agus cuirtíní gleoite dearga ar an bhfuinneog – gan fiú boladh alcóil ach cumhracht álainn an chaife ann.

'Tá cuma chaifé air ceart go leor,' arsa Mara. 'Níl sé cosúil le *pub* ar chor ar bith.'

D'ordaigh siad *cappucino* do Rónán agus seacláid the do Mhara.

'Hó, a Mhara!' a ghlaoigh duine éigin, a bhí ag dul thart. 'Tusa anseo? Mo náire thú!'

Las Mara san aghaidh, cé nach raibh aici ach cupán seacláide.

Tracy a bhí ann, pionta beorach ina lámh aici, agus í

ag gáire.

'Nach bhfuil tusa faoi ollchosc?' arsa Mara.

'Críochnaithe!' arsa Tracy. 'Ag ceiliúradh atáim.'

'Cá bhfuair tú a leithéid?' arsa Rónán go géar, ag díriú ar an ngloine beorach a bhí ina glac ag Tracy. 'Gheall tú dom ...'

'Ó, "gheall tú dom",' arsa Tracy go searbh, ag déanamh aithrise ar Rónán.

D'fhéach Mara ar Rónán. Bhí fearg an domhain air. Níor thuig Mara cad é a bhí ar siúl.

'Imímis linn,' arsa Rónán os íseal. 'Ní maith liom a bheith anseo agus ise ann.'

Ní raibh fiú leath na seacláide ólta ag Mara. Rinne sí iarracht deifir a dhéanamh, ach níor éirigh léi ach carball a béil a dhó leis an leacht te. Scrios air!

Sheas Rónán suas agus chuaigh sé chun an bille a íoc.

Shuigh Tracy síos in aice le Mara, faoi mar nach raibh fadhb ar bith ann, agus í ag pléascadh le gáire.

'Is féidir leat a rá le do stócach,' ar sise, 'nach liomsa an bheoir seo ar chor ar bith. Níl mé ach ag tabhairt aire dó. Tá mo dheartháir sa leithreas. Is leis-sean é.'

Ach bhain sí súimín as mar sin féin, agus í ag caochadh.

D'iompaigh Mara thart. Bhí Rónán taobh thiar di.

'Níl sí ach ag ligean uirthi,' arsa Mara. 'Ní léi an deoch sin ar chor ar bith. Tá sí ag spochadh asat.'

'Amach linn,' arsa Rónán arís, gan freagra a thabhairt uirthi.

'Cad é atá ar siúl?' arsa Mara, agus iad beirt amuigh ar an tsráid arís.

'Rud ar bith,' arsa Rónán.

'Tá rud éigin ar siúl,' arsa Mara. 'Ar dtús, tugann Tracy litir duit domsa, agus ní do Shorcha. Ait. Agus ansin faighim amach nach litir a bhí ann ar chor ar bith, ach airgead. Agus anois, tá tusa ar buile toisc go bhfaca tú Tracy agus deoch ina lámh aici, agus rud éigin á rá agat mar gheall ar gheallúint. An raibh tusa agus Tracy ag ... bhuel, ag dul amach le chéile, uair éigin? Mar lánúin?'

'A Mhara! Mise agus Tracy Casey! Bíodh ciall agat, a chailín! Striapach mar ise!'

'Ó!' arsa Mara. 'Níl sé sin go deas, a Rónáin, focal mar sin a úsáid faoi chailín óg.'

'Brón orm,' arsa Rónán go míshásta, ag féachaint ar an mbóthar agus ag bualadh cos amháin leis faoin gcos eile. 'Ach ...'

'Ó!' arsa Mara go tobann. 'Mo chomhad! Cá bhfuil sé?'

'Cén comhad?'

'Ceann gorm a bhí agam.'

'Istigh sa mhála scoile, is dócha,' arsa Rónán.

'Níl. Fuair mé ó Dhorota é tar éis na scoile, tar éis an mála a bheith pacáilte agam. Bhí sé i mo lámh agam. Tá mé cinnte de.'

'Rachaidh mé ar ais,' arsa Rónán. 'B'fhéidir gur fhág tú sa teach tábhairne é.'

'Ó!' arsa Mara de scread. 'Ná téigh ar ais, buailfidh tú le Tracy arís, agus b'fhéidir go mbeidh troid eadraibh beirt.'

'Ní bheidh,' arsa Rónán, ach níor bhog sé ach oiread.

'Rachaidh mé féin ann,' arsa Mara. D'iompaigh sí thart agus isteach sa teach tábhairne arís léi.

Bhí Tracy díreach ar tí an comhad a oscailt nuair a

tháinig Mara uirthi. Thug Mara faoi deara go raibh
gloine oráiste aici faoin am seo. B'fhéidir go raibh sí
ag insint na fírinne nuair a dúirt sí nár léi an bheoir
ar chor ar bith.

Shín Mara amach a lámh. 'Liomsa,' ar sí.

Ach níor thug Tracy an comhad di. Bhí leathanach
tógtha aici amach as, agus léigh sí os ard an méid a
bhí scríofa air:

'"*This is the diary of ...*" Ach, ní féidir liom é a léamh,
ainm ait éigin ... Marina? Ní hea.'

'Mariana, an ea?' arsa Mara, beagnach i ngan fhios
di féin.

'Sin é é,' arsa Tracy. 'Cé hí féin? Cara leat? Tá an
pheannaireacht s'aici go huafásach.'

'Tabhair dom é,' arsa Mara, ag éirí rud beag faiteach.

Ach choinnigh Tracy an comhad ina lámh.

'Cad is fiú duit é?' ar sise.

'Is liomsa é,' arsa Mara.

'Ach d'fhág tú i do dhiaidh é. Is cosúil nach bhfuil mórán measa agat air.'

'Tabhair dom é, a Tracy.'

'Le do thoil?'

'Más é do thoil é.'

'Ach, cad mar gheall air seo?' arsa Tracy. 'Ní hé mo thoil é in aon chor.'

'Tabhair dom é, cé nach é do thoil é, mar sin,' arsa Mara, go feargach.

'Ní thabharfaidh,' arsa Tracy. 'Níor mhaith liom. B'fhéidir go mbeidh ort glao a chur ar do stócach amuigh.'

'Níl mé chun glao a chur ar éinne,' arsa Mara. 'Tabhair dom an rud a bhaineann liom.'

Chaill Tracy a suim sa chluiche amaideach go tobann, agus shín sí an comhad chuig Mara.

'Brón orm,' ar sise os íseal. 'Ní raibh mé ach ag spochadh asat. Tá sé iontach éasca tú a chur ag seinnt. Díreach cosúil le Rónán Amaideach Dempsey.'

Níor thug Mara freagra ar an mbarúil sin. Sciob sí an comhad ón gcailín eile agus amach an doras léi ar nós na gaoithe.

28

An dialann

Chuir Mara an comhad ar a deasc, ina seomra, roimh an tae, go dtí go mbeadh am aici an t-aistriúchán a rinne athair Dhorota a léamh.

Nuair a bhí na *hordes* imithe a luí, chuaigh sí isteach ina seomra agus shuigh sí ag an deasc.

Bhí a fhios aici cheana féin cad a bhí scríofa ar an gcéad leathanach: *This is the diary of Mariana ...*

Nóiméad amháin!

D'fhéach Mara níos géire ar an ainm. Ní Mariana a bhí ann ar chor ar bith, ach Maritana: an t-ainm céanna, ach litir bhreise ann, an litir T.

Níorbh í an tsin-seanmháthair a bhí i gceist mar sin, an Mariana Forrest a bhíodh ina cónaí sa teach altranais úd in Bloomsbury, Londain, ach a máthairse, de réir cosúlachta, sin-sin-seanmháthair Mhara.

Bhabh! arsa Mara léi féin.

Ba dhócha gurbh é seo an bun-ainm, an t-ainm ónar shíolraigh na glúnta ainmneacha ina dhiaidh: ba chosúil gurbh í Maritana máthair Mhariana; ba í Mariana máthair Mharina; ba í Marina máthair Mharia; agus ar ndóigh, ba í Maria máthair Mhara.

Díreach cosúil leis na bábóga, gach ainm ina luí istigh san ainm roimhe, mar a thug Dorota faoi deara an lá úd agus í ag súgradh leis na bábóga.

Cúpla mí ó shin, bhí dul amú ar Mhara nach raibh fiú seanmháthair féin aici. Agus anois bhí sí tar éis teacht ar na glúnta seanmháithreacha agus iad ag síneadh siar go dtí an Rúis, mar a tharla, agus go dtí an bhliain ...

Scrúdaigh Mara an leathanach chun an méid sin a fháil amach, agus léigh:

*This is the diary of Maritana Petrovna,
born Moscow 1917*

Cad a tharla sa Rúis an bhliain sin? Éirí amach, nárbh ea? Cosúil leis an éirí amach in Éirinn an bhliain roimhe sin, b'fhéidir.

Shuigh Mara ar feadh tamaillín ag cuimhneamh siar ar an méid a bhí faighte amach aici, agus gan ach an leathanach teidil léite aici!

Bhuel, ba chóir di léamh ar aghaidh, agus níos mó a fháil amach. Thóg sí an chéad leathanach eile amach as an gcomhad, agus léigh sí léi:

Dublin, 1 July 1930 (my birthday — 13 today!)

I suppose I should begin by explaining where I got such an outlandish name. I was called after an opera, if you don't mind, because my Father was such a great devotee of the opera. (My Grandmama always says he is a "proper

Turnip-head", but I don't think a Turnip-head would be so fond of opera, so I think she must be wrong there.)

Bhris Mara amach ag gáire. 'Turnip-head' – an masla céanna in úsáid ag na glúnta máithreacha do na fir bhochta a raibh an mí-ádh orthu máithreacha céile chomh cantalach, crosta sin a bheith acu!

Apparently he was also very fond of Ireland, my papa, which is why we have come here to live, though of course we are Russian really, and that is an opera by an Irish gentleman, I believe, though Mama says he was no gentleman, and scarcely Irish either.

But I suppose he must have been a good musician at any rate, which is unfortunate, for otherwise the opera would not have been performed, and my Father would never have heard of it, and I would not have been lumbered with this oddity of a name. But that is the way things go - usually they go wrong, I find.

Sin an méid a bhí scríofa ar an leathanach.

Theastaigh ó Mhara a fháil amach an bhfuair an cailín seo leis an ainm aisteach na bábóga maitríóisce dá lá breithe. Cailín ar comhaois léi féin – agus ag an am céanna a sin-sin-seanmháthair, nárbh ait an smaoineamh é!

Rug Mara ar an gcomhad agus sciob sí an tríú leathanach, ach faraor: ní raibh ach cúpla líne scríofa air, agus iad i Rúisis. Nótaí dó féin ag athair Dhorota, is dócha. Ba chosúil nach raibh a dhóthain ama aige níos mó den dialann a aistriú di go fóill.

Ní raibh an dara rogha aici ach fanacht go dtí go mbeadh giota beag níos mó aistrithe aige. Bhí sí ar cipíní, áfach, go bhfaigheadh sí níos mó amach faoin scéal.

29

An scéal ag éirí i bhfad níos casta!

'Ba cheart duit glao gutháin a chur ar Mharina,' arsa Dorota arís, agus í ag tabhairt cúpla leathanach breise d'aistriúchán a hathar do Mhara.

'Ach chuir sí cosc orm teagmháil a dhéanamh léi. Agus is dóigh liom go mb'fhéidir go bhfuil an ceart aici, toisc go bhfuil mo mháthair ina coinne i gcónaí.'

'Mm,' arsa Dorota, 'ach ansin tháinig sí ar do lorg, tigh mise!'

'Ní thuigim sin in aon chor.'

'Mar thug tusa an seoladh mícheart di.'

'Ní hé sin an rud nach dtuigim. Is é atá i gceist agam

ná: cén fáth ar athraigh sí a haigne, meas tú? Bhí sí thar a bheith cinnte cúpla seachtain ó shin nach raibh sé ceart ná cóir go mbeadh aon bhaint againn lena chéile. Agus díreach ina dhiaidh sin, tagann sí ar mo lorg.'

'Toisc Mariana a mharú, is dócha,' arsa Dorota.

'A bheith marbh, atá i gceist agat.'

'Bás a fháil. Bheith marbh. Tá sí ródheacair mar theanga!'

'Ach níl, tá tú ar fheabhas,' arsa Mara. 'Ach cén bhaint atá idir bás Mhariana agus cuairt Mharina oraibhse? Tá mearbhall orm go fóill.'

'Tá sé soiléir go leor,' arsa Dorota. 'Theastaigh uaithi a rá le do mháthair go raibh a seanmháthair marbh. Ag iarraidh síocháin a dhéanamh eatarthu, b'fhéidir. Níor mhaith léi go bhfaigheadh sí féin bás, b'fhéidir, agus deighilt mhór sa chlann. Agus tusa an duine ar féidir léi droichead a thógáil eatarthu, a Mhara.'

'Innealtóir droichid mé anois, meas tú?' arsa Mara.
'Ó bhuel, is dócha go bhfuil an ceart agat.
Scríobhfaidh mé chuici. Sásta?'

Agus seo mar a scríobh sí:

A Mhamó Mharina dhílis

Chuala mé gur éag do mháthair Mariana, agus is trua
liom é.

'Cad is brí le "éag"?' arsa Dorota, ag léamh thar
ghuaille Mhara.

'Bás a fháil,' arsa Mara.

'As ucht Dé! Suim mhór ag na hÉireannaigh sa bhás,
is cosúil, agus a bhfuil d'fhocail agaibh!'

Thug mé féin agus mo chara Dorota cuairt uirthi an
tseachtain roimh a bás. Fuair mé oidhreacht iontach
uaithi: dialann a máthar, mo shin-sin-seanmháthair,

Maritana. (Pra-prababcia an focal sa Pholainnis, má tá spéis agat san fhíric sin.)

Níl a fhios agam cén fáth a bhfuil titim amach idir tusa agus mo mháthair, ach is ábhar bróin domsa é.

Ar scor ar bith, is mise do gharinion dhilis

Mara

'Agus an bhfuil tú chun do sheoladh ceart a chur ar an litir an uair seo?' a d'fhiafraigh Dorota.

'Is dócha,' arsa Mara. 'B'fhéidir go dtiocfadh sí ar cuairt chugainn an uair seo, ach faoin am seo, is cuma liom. Bíodh fearg ar mo mháthair, nó ná bíodh, ach táimse traochta ag an scéal. Is geall le páistí dána an bheirt acu, agus iad fásta! Fad agus is eol domsa, níl rud ar bith ag cur as dóibh ach amháin nach dtaitníonn mo dhaid le Marina. Is mór an trua é sin.'

'Tá an ceart agat,' arsa Dorota. 'Gan amhras. Tá do dhaid ar fheabhas.'

Sheol Mara an litir agus rinne sí dearmad uirthi ar an bpointe, toisc rud i bhfad níos suimiúla a bheith faighte amach aici.

Ó na leathanaigh ba dhéanaí a fuair sí ó athair Dhorota, bhí a fhios aici faoi dheireadh thiar thall cén scéal a bhain leis an mbábóigín ba lú!

30

Ionadh ar Dhaid

Bhuail Mara isteach i gceardlann a hathar, chun an scéal ar fad a mhíniú dó, agus a chomhairle a lorg.

Ba bheag nár lig sé dá shiséal titim, nuair a chuala sé an méid a bhí le hinsint ag Mara.

'Tá a fhios agat cén saghas ruda é an bhábóigín is lú, atá ar iarraidh, cé nach bhfaca tú riamh í?'

'Sin é é go díreach,' arsa Mara.

'Agus fuair tú an méid seo amach as dialann a fuair tú ó bhanaltra Shasanach, atá scríofa i Rúisis.'

'Sea. An dialann atá scríofa i Rúisis, ar ndóigh, ní hí an bhanaltra.'

'Ar ndóigh. Agus atá aistrithe ag Polannach duit.'

'*Yeah*, athair Dhorota.'

'Agus an duine a scríobh an dialann seo, ba í do shin-seanmháthair í?'

'Níorbh í. Mo shin-sin-seanmháthair. Máthair mo shin-seanmháthar.'

'Ó, a Dhia! Agus ba Rúiseach ise – bhí an méid sin ar eolas agam cheana féin, ar a laghad.'

'An raibh? Ní dúirt tú riamh é.'

'Agus an bhanaltra seo? Thug sibh cuairt ar an sin-seanmháthair seo agus sibhse thall i Londain, agus nuair a d'éag an tseanbhean, sheol banaltra éigin an dialann chugat?'

'Go díreach.'

'Ach ... conas a tháinig sibh ar an tseanbhean?'

'Rud éign a dúirt mo sheanmháthair. Thug mé

cuairt uirthise fosta, ar ndóigh, roimhe sin. Tá cónaí uirthi i mBaile Átha Cliath, mar is eol duit – tá aithne agat uirthi, nach bhfuil?'

'Tá.'

'Uisce faoi thalamh eadraibh?'

Turnip-head!

'Tig leat a rá. Bhí sí i gcoinne mé féin agus do mháthair a bheith ag pósadh. Bhí drochmheas aici ormsa riamh.'

'Cén fáth?' arsa Mara. 'Sin an rud nach dtuigimse. Chomh gleoite agus atá tú.'

'Dhera,' arsa Daid, 'tá stair fhada ag baint leis. Bhí sé de nós ag cailíní na clainne sin fir a bhí mí-oiriúnach ar fad a phósadh. Óltóirí, cearrbhaigh ... . Bhí eagla uirthi go mbeinnse mar sin freisin, is dócha.'

'Tusa!'

'Greannmhar, nach bhfuil?' arsa Daid.

'Agus sin an fáth nach bhfuil Mam agus a máthair ag caint le chéile?'

'Is dócha é.'

'Ach is raiméis ar fad é mar scéal,' arsa Mara.

'Go díreach. Ach inis dom faoin mbábóigín seo arís – ba í sin a chuir ar a lorg thú, arbh í?'

'Sea, ba í. Nuair a thug mé faoi deara nach raibh sí le fáil, d'éirigh mé fiosrach.'

'Ach is rud iontach beag atá i gceist, iontach éasca í a chailleadh.'

'*Yeah*, ach nuair a chuir mé ceist ar Mham, bhí rud éigin ar iarraidh. Bhí mé cinnte go raibh rud éigin ar eolas aici faoin mbábóg, ach go raibh sí ag fanacht ina tost faoi.'

'Agus níl sí faighte agat go fóill, an bhfuil?'

'Níl. Agus is luachmhar an rud í, tá a fhios agat. B'fhéidir gur goideadh í. Dar le Marina, mo sheanmháthair, bhí sí ann nuair a fuair Mam na bábóga, ach dar le Mam, ní fhaca sí an bhábóigín is lú riamh, séanann sí go raibh bábóigín uimhir a cúig ann ar chor ar bith. Ait, nach ea?'

'Suimiúil,' arsa Daid. 'Agus cad é do thuairim féin?'

'Níl barúil ar bith agam. Ní thuigim cad é atá ar siúl. Caithfidh mé a rá nach gcreidim Mam. Ach ní féidir gur ghoid sí a bábóigín féin! Níl ciall ar bith ag baint leis an smaoineamh sin. Ach cad chuige nach n-admhaíonn sí go raibh bábóg uimhir a cúig ann in aon chor? Ní thuigim cén fáth a ndeir sí nár leag sí súil riamh uirthi.'

'Ní chreideann tú í?'

'Ní chreidim.'

'Síleann tú gur dhíol sí í, b'fhéidir?'

'Bhuel, ní maith liom a rá …'

'An-spéisiúil ar fad,' arsa Daid.

31

Cuireadh r-phoist

Fuair Mara r-phost ó Rónán Dempsey. (Bhí r-seoladh aige cinnte, ainneoin a ndúirt Tracy seachtain ó shin, agus í ag iarraidh ar Mhara an 'litir' cháiliúil úd a thabhairt do Rónán.)

From: rdempsey@iodalaigheireann.ie
To: mara@clannclancy.com

A Mhara

Tá brón orm nach raibh fonn orm fanacht an lá deireanach, agus Tracy sa ... 'chaifé'. Ní raibh seans agat fiú do chuid seacláide a ól. Ar mhaith leat triail a bhaint as arís? Tá Caffeteria Roma ar oscailt anois. Bí ann amárach ar leathuair tar éis a ceathair, más mian leat. Beidh mise ann ar aon nós.

Ciao

Rónán.

Lig Mara uirthi go raibh sí ag smaoineamh an mbuailfeadh sí le Rónán nó nach mbuailfeadh, ach i ndáiríre chuir an cuireadh seo gliondar croí uirthi. (Dála an scéil, an raibh baint éigin ag Rónán leis an Iodáil? *Cool* amach!)

An seacláid the a bhí acu in Caffeteria Roma, bhí sé thar a bheith sobhlasta, guairneán deas uachtair ar a barr agus dhá *marshmallow* – ceann bán agus ceann bándearg – ar an bhfochupán ina theannta.

Mhínigh Rónán an scéal uile faoi Tracy agus an fiche euro. Tháinig sé uirthi oíche amháin, de réir dealraimh, agus í ar meisce, í ag cur amach ar an tsráid.

'Í-uch!' arsa Mara, a srón roctha aici.

'Go díreach. Bhí droch-chuma uirthi.'

Thóg seisean isteach i gcaifé í agus thug sé cupán caife di agus go leor uisce chomh maith. Nuair a bhí sí in ann seasamh, ghlaoigh sé ar thacsaí di, agus thug sé abhaile í. Bhí uirthi an táille tacsaí a fháil ar iasacht uaidh – b'in an fáth a raibh an fiche euro sin sa chlúdach a thug sí do Mhara le haghaidh Rónáin.

'Bhí sí ag iarraidh é a aisíoc, ar a laghad,' arsa Mara.

'Dhera, bhí. Níl ciall aici ach níl dochar inti.'

Agus b'in an fáth freisin nár mhian le Tracy an clúdach a thabhairt do Shorcha. Níor mhaith léi go mbeadh a fhios ag aon duine cad a bhí tar éis titim amach.

'Bhí náire uirthi, b'fhéidir,' arsa Mara.

'Bhuel, ní dóigh liom é,' arsa Rónán. 'Ach níor mhaith léi go bhfaigheadh na daoine fásta amach go raibh sí ag ól. Trí bliana déag d'aois agus í ar meisce! A Thiarcais! Bhí stócaigh ann agus iad ag doirteadh beorach isteach inti, féachaint cé mhéad ab fhéidir léi a ól. Is orthusan a chuirim an locht is mó.'

'Agus b'in an fáth a raibh tú ar buile an lá cheana nuair a chonaic tú í agus deoch ina lámh aici.'

'Is óinseach cheart í, a Mhara. Níl ciall ar bith aici. Ní thuigeann sí cad atá á dhéanamh aici. Tá sí ina leanbh go fóill!'

'Táimid ar comhaois,' arsa Mara, rud beag maslaithe.

'Ach tá cloigeann ortsa,' arsa Rónán. 'Níl sibh chomh mór le chéile agus a bhíodh tráth?'

'Níl.'

'Óinseach ar fad. Ise, atá i gceist agam, ar ndóigh, ní tusa, a Mhara. Tá tusa ar fheabhas.'

Rinne Mara gáire. 'Meas tú?' ar sí.

'Táim cinnte de.'

32

Marina arís

'Bhí glao gutháin duit tráthnóna,' arsa máthair Mhara an oíche sin. 'Bhí tú amuigh.'

Las Mara san aghaidh. 'Bhí mé ... '

'Bhí sí sa chaifé i lár an bhaile le Rónán Dempsey,' arsa Tom.

'Agus conas is eol duitse é sin?' arsa Mam.

'Chuala mé ar an bhfón í agus í ag caint le Dorota,' arsa Tom.

Bhí an náire ag scuabadh trí cholainn Mhara.

'Gasúr deas,' arsa Mam.

D'fhéach Mara uirthi. 'An bhfuil aithne agat air?'

'Tá,' arsa Mam, 'bhí sé ag obair sa leabharlann mí nó dhó ó shin, nach raibh? Ach an glao gutháin seo, a Mhara. B'as Baile Átha Cliath é.'

Bhí Mara beagnach trí thine faoin am seo.

'Bhuel?' arsa Mam.

'Tobar,' arsa Mara. Seanábhar grinn eatarthu.

'Níl tú fiosrach faoi cé a bhí ann?'

'Níl,' arsa Mara, a guth leathghreamaithe ina scornach aici.

'B'fhéidir go bhfuil tú in ann buille faoi thuairim a thabhairt cérbh í?'

'Tá,' arsa Mara.

Tost fada.

'D'iarr mé uirthi teacht Dé Sathairn,' arsa Mam,

faoi dheireadh.

'*What!?*' arsa Mara. 'Teacht ... anseo?'

'Mm,' arsa Mam. 'B'fhéidir go ndéanfadh Daid cáca deas. An iarrfá air, a Mhara? Is báicéir i bhfad níos fearr é ná mise.'

'Cén fáth nach ...'

'Nach n-iarraim féin air?' arsa Maria. 'Bhuel, tá mé saghas eaglach faoi.'

'Ós rud é go bhfuil do mháthair chomh mór ina choinne?' arsa Mara.

'Go díreach,' arsa Maria. 'Thug mé rabhadh duit fúithi. Chomh cantalach agus is féidir léi a bheith.'

'Ach mar sin féin ... ' arsa Mara.

'Mar sin féin, is í mo mháthair í, is dócha.'

'Agus tá sí ag teacht i ndáiríre?'

'Tá,' arsa Maria. 'Agus tusa atá freagrach as.'

'Freagrach?'

'Sea. Agus tá orm buíochas a ghabháil leat as, a Mhara. Ní raibh an misneach agam féin.'

'Misneach? Níl fearg ort?'

'Níl. A mhalairt ar fad. Táimid ag déanamh iarrachta ar a laghad teacht le chéile. Ar deireadh thiar, tar éis na mblianta. Agus mar a dúirt mé cheana – a bhuíochas duitse. '

Las Mara san aghaidh arís eile – ní le haiféala é, ach le háthas.

'Agus buíochas leis na maitríóisce,' arsa Mara. 'Ba iad sin a spreag mé.'

'Agus an ceann is lú ach go háirithe?' arsa Mam os íseal.

'Ise ach go háirithe – nó ise a bheith ar iarraidh, ar aon chaoi.'

'B'fhéidir go dtiocfadh sí abhaile,' arsa Maria, agus miongháire uirthi.

'Meas tú?' arsa Mara.

33

Féasta nach lá breithe é!

Nuair a chuala sí an scéal faoin gcuairt in aisce a thug Marina ar mhuintir Dhorota, agus an fháilte a chuir athair Dhorota roimh Mharina an lá sin, bheartaigh Maria láithreach cuireadh a thabhairt dóibh go dtí an féasta beag a bhí beartaithe aici don Satharn.

Bhí cáca den scoth déanta ag Daid, agus crúsca mór caife déanta ag Mara.

Bhí rí-rá taitneamhach ar siúl sa chistin. Bhí siad go léir ag caint agus ag gáire agus ag croitheadh lámh le chéile, agus ag pógadh a chéile fiú. Bhí na *hordes* ag béiceadh go raibh cáca de dhíth orthu, agus na daoine fásta ag placadh leo ar nós turcaithe a mbeadh sceitimíní orthu, nuair a bhrúigh Rónán Dempsey ar chloigín an dorais.

'Freagair an doras,' arsa Mam go meanmach. 'Pé

duine atá ann, lig isteach é nó í. Beidh píosa den cháca álainn seo aige agus fáilte.'

Agus b'in an dóigh a raibh Rónán ann agus Mara ag míniú faoin mbábóigín ba lú.

'*Yeah*, bhuel,' ar sise, 'tig leatsa aistriú, a Dhorota? Ar mhaithe le do thuismitheoirí. Ó-cé, bhuel, seo mar atá an scéal ...'

'Cá-ca!' arsa Tim de scread.

'Cá-ca,' arsa Tom de bhéic.

'Ciúnas,' arsa Daid 'Cead cainte ag Mara. Beidh cáca agaibh i gceann nóiméid.'

'De réir na dialanne seo ... is é sin le rá, tá dialann faighte agam ó mo shin-sin-seanmháthair ...'

'*Pra-prababcia*,' arsa Dorota lena tuismitheoirí.

'Agus ba Rúiseach í. Maritana ab ainm di. Tá an

dialann scríofa i Rúisis, dála an scéil, ach tá aistritheoir den scoth agam ...'

Dhírigh sí a haird ar athair Dhorota ag an bpointe seo. Sheas seisean suas agus d'umhlaigh sé. Bhris bualadh bos amach, agus shuigh sé síos arís, agus straois ag síneadh ar a aghaidh ó chluas go cluas.

'Bhuel, de réir cosúlachta,' arsa Mara, ag leanúint uirthi, 'bhí réabhlóid sa Rúis, agus bhí siadsan saibhir go leor, clann mo shin-sin... agus ar uile ... agus bhí orthu teitheadh as an dtír.'

'Arbh uaisle iad?' arsa Daid.

'Ba ea. Agus bhí fáinne speisialta ag máthair Mharitana. (Mo shin-sin-sin-seanmháthair a bheadh inti, is dócha.) Níor mhaith léi go bhfaigheadh na réabhlóidithe greim ar an bhfáinne, agus bhí seift iontach aici. A Dhorota, ar mhiste leat na bábóga a oscailt?'

'Mise?' arsa Dorota.

'Le do thoil.'

Rug Dorota ar an mbábóg ba mhó, agus thosaigh sí ag oscailt na mbábóg go léir, ceann ar cheann.

Nuair a d'oscail Dorota an ceathrú bábóigín, thit bábóigín a cúig amach aisti. Í tar éis filleadh abhaile ar deireadh. An bhábóigín ba lú.

Ba bheag nár thit Dorota as a seasamh.

'A Mhara, a Mhara, a Mhara!' a scread sí. 'Féach uirthi seo! Tá sí ag glioscarnach! Ag lonradh atá sí. Féach uirthi! Tá sí go hálainn.'

Shín sí amach seoid de bhábóigín órga, dhá shaifír mar shúile aici agus sraith bheag cnaipí diamaint ar a gúna aici.

'A Mhara! A Mhara! Tá sí ann, agus is seoid í! Cérb as í?'

Thóg Mara an tseoid de bhábóg ina lámh. Ba

chosúil go raibh an bhábóigín ba lú ag magadh fúithi. Bhí miongháire ar a haghaidh ar aon nós.

'As an Rúis,' arsa Mara go socair. 'Ach tá sí sa bhaile anois.'

'Lean ar aghaidh leis an scéal,' arsa Daid.

'Bhuel, an bhean óg seo leis an bhfáinne – d'iarr sí ar sheodóir bábóigín a dhéanamh de, agus chuir sí i bhfolach í i mbolg bábóige maitríóisce, istigh sa cheathrú bábóg. Agus sa dóigh sin, bhí sí in ann an t-aon rud luachmhar amháin seo a shábháil.

'Níor bhac na saighdiúirí le bréagán neamhfhiúntach adhmaid a bhí istigh sa chliabhán leis an leanbh, Maritana óg.'

'Agus tháinig siad i dtír faoi dheireadh in Éirinn,' arsa Maria.

'Sin é é, go díreach,' arsa Mara, 'agus ón lá sin go dtí an lá inniu, tháinig na bábóga anuas ó ghlúin go glúin, agus an taisce aoibhinn iontu. Fuair an cailín ba shine i ngach glúin na bábóga mar bhronntanas ar a lá breithe trí bliana déag, agus an bhábóigín ceilte istigh iontu i gconaí. Fuair mise iad le déanaí ó mo mháthair, Maria.'

'Agus fuair mise ó mo mháthair Marina, iad,' arsa Maria, agus í ag féachaint ar an máthair nach bhfaca sí leis na blianta.

'Agus fuair mise ó Mhariana iad,' arsa Marina Uí Shúilleabháin. 'Ba ise mo mháthair, fuair sí bás le déanaí i Londain.'

'Agus is dócha go bhfuair Mariana ó Mharitana iad,' arsa Mara, 'mar aon leis an dialann.'

'Agus an tseoid seo de bhábóigín i gcónaí iontu?' arsa Daid.

'Go dtí go bhfuair mise iad,' arsa Mara. 'Bhí sí ar iarraidh nuair a d'oscail mé na bábóga. Ní raibh a fhios agam cá raibh sí, agus an rud is aite ar fad, conas a tháinig sí ar ais?'

'Tá tú cinnte nach raibh sí ann ón gcéad lá?' arsa Daid.

'Tá,' arsa Mara. 'Inis dó, a Dhorota.'

'Cinnte ní raibh sí ann,' arsa Dorota. 'Ní raibh istigh i mbábóigín uimhir a ceathair ach aer! Mistéir.'

'Tá an cáca seo ar fheabhas,' arsa Maria go tobann. 'A Rónáin, a mhic, ar mhaith leat píosa breise? Agus arbh fhearr leat tae ná caife? An bhfuil tú cinnte? Is fearr le daoine tae de ghnáth.'

'B'fhearr liomsa tae,' arsa Marina.

Lig Maria osna bheag, ach sheas sí suas agus rinne sí pota tae dá máthair.

'Go raibh maith agat ... a thaisce,' arsa Marina os íseal.

Baineadh geit as Maria. 'Cad é a dúirt tú?'

'Ghabh mé buíochas leat, sin an méid,' arsa Marina. Ach ansin chuir sí 'a thaisce' leis an abairt arís, de chogar.

'Fáilte romhat,' arsa Maria, agus í ag miongháire go sásta.

34

An mhistéir réitithe

Nuair a bhí siad go léir imithe tráthnóna, chabhraigh Mara lena máthair na gréithe a ní.

'Tusa a thóg an bhábóigín, nár thóg?' arsa Mara.

Ní dúirt Mam faic.

'Ach cad chuige?'

Mam ina tost.

'Teoiric agam,' arsa Mara.

'Bíonn go leor teoiricí agatsa, a Mhara,' arsa Mam.

'Bhí tú ag súil go mbeinn fiosrach, nuair nach raibh an bhábóigín ann. Bhí tú ag súil go rachainn ar thóir mo sheanmháthar, chun ceist a chur uirthi. Agus go mb'fhéidir go mbeadh seans ann go ndéanfainn teagmháil léi.'

Níor thug Maria freagra ar bith.

'Agus lig tú ort go raibh tú go hiomlán i gcoinne do mháthar, sa dóigh go mbeinn níos fiosraí fós. Níor thug tú an t-ainm dom fiú amháin, nuair a chuir mé ceist ort! Sa dóigh go mbeadh orm machnamh a dhéanamh.'

Bhí miongháire beag ar aghaidh Mharia. Faoi dheireadh labhair sí: 'Nach raibh an ceart agam? Ní raibh barúil agam go bhfaighfeá do shin-seanmháthair thall i Londain, nó scéal ón am atá caite, i bhfoirm na dialainne sin ... ach de réir mar atá ráite agat: bhí mé ag súil go mb'fhéidir go mbeadh seans ann go rachfá ar lorg mo mháthar ... '

'Ta tú chomh casta sin, a Mham,' arsa Mara, agus í ag gáire.

'Tá an ceart agat,' arsa Maria. 'Chomh casta le

Marina, agus ise chomh casta le Mariana, is dócha. Agus b'fhéidir go raibh Maritana mar an gcéanna.'

''Bhfuil tú sásta anois?' arsa Mara.

'Tá,' arsa Maria. 'Tá brón orm nár thángamar ar Mariana rud beag níos luaithe. Ní raibh aithne agam uirthi riamh – toisc mo mháthair a bheith chomh casta sin, tá a fhios agat – ach tá Marina againn anois, agus tá mé buíoch as an méid sin.'

'Agus tá an bhábóigín againn chomh maith,' arsa Mara.

'Agus an dialann agatsa.'

'Agus Dorota, ar ndóigh. Agus tuismitheoirí Dhorota mar chairde ag Marina chomh maith. Tá siad iontach mór le chéile, ar thug tú faoi deara?'

'Thug. Agus *turnip-head* breá de stócach agatsa fosta, a Mhara!'

'Ní *turnip-head* é,' arsa Mara go daingean.

'Agus an é do stócach é?' arsa Mam.

'Bhuel, caithfidh mé fanacht go bhfeicfidh mé,' arsa Mara.

'Maith thú, a ghirseach,' arsa Mam. 'Maith thú.'